U0543053

小酒井不木　死体蝋燭
こさかい　ふぼく

[日]
小酒井不木
著

曹捷平
译

小酒井不木
猎奇篇

江苏凤凰文艺出版社
JIANGSU PHOENIX LITERATURE AND ART PUBLISHING

图书在版编目（CIP）数据

人油蜡烛．小酒井不木猎奇篇 /（日）小酒井不木著；曹捷平译．-- 南京：江苏凤凰文艺出版社，2024.10（2025.9 重印）
ISBN 978-7-5594-8688-2

Ⅰ．①人… Ⅱ．①小… ②曹… Ⅲ．①短篇小说－小说集－日本－现代 Ⅳ．①I313.45

中国国家版本馆 CIP 数据核字 (2024) 第 108419 号

人油蜡烛：小酒井不木猎奇篇

［日］小酒井不木　著　　曹捷平　译

责任编辑	白　涵
特约编辑	丛龙艳
封面设计	人马艺术设计·储平
出版发行	江苏凤凰文艺出版社
	南京市中央路 165 号，邮编：210009
网　址	http://www.jswenyi.com
印　刷	万卷书坊印刷（天津）有限公司
开　本	880 毫米 ×1230 毫米 1/32
印　张	6.75
字　数	166 千字
版　次	2024 年 10 月第 1 版
印　次	2025 年 9 月第 3 次印刷
书　号	ISBN 978-7-5594-8688-2
定　价	49.90 元

目录

したいろうそく

人油蜡烛

我当了四十年和尚，这四十年中，我闻过无数烧毁尸体的气味。刚开始时觉得并不怎么好闻，可随着年龄的增长，却变得异常喜欢那种气味，到最后竟然发展到一天闻不到那种气味，我就觉得心如刀绞、火烧火燎、一刻也坐不住。这种反应虽然非常荒唐，可是我没有办法。烤鱼、烤牛肉等的气味，我一点儿也不喜欢，这些气味是无法和鲜红刺眼的曼珠沙华花似的人肉燃烧出来的气味相媲美的。

入夜以后，日益肆虐的狂风，就像饥饿的海兽一样，狂吠着从寺庙里的厨房、大殿的屋顶掠过。撼天动地的瓢泼大雨，就像夹带着沙砾一般，噼里啪啦地击打着门窗。墙板呀，柱子呀，全都像轻声低啜般咯吱咯吱作响，整个房屋就像悬在空中一样左右摇晃。

夏秋之交的暴风雨来临的时候，室内的空气异常闷热，几乎让人无法呼吸。这种闷热使人本来就很紧张的神经绷得更紧，觉得这暴风雨更加可怕。所以，今年不满十五岁的小和尚法信被天花板上掉下的蜘蛛网吓得魂飞魄散，哆哆嗦嗦地蜷缩在墙角一动也不敢动，也就不足为奇了。

隔壁传来老和尚的叫声，法信吓得浑身一哆嗦，就像刚从噩梦里惊醒一样，他目光呆滞，半天不知道应声。

“法信！”老和尚又一次大声喊道。

“唉，唉……”

“麻烦你像平时一样，去大殿转一圈看看吧！”

听到这话，法信一惊，把身子蜷得更紧了。平常和老和尚住在一起是很愉快的，可是现在他心里不免有些怨气：“在这个可怕的暴风雨之夜，怎么能让我一个人去看门关好了没有呢？”

“我说，师父！”他终于鼓起勇气，出声说道。

“怎么啦？”

“只是今天晚上……”

“哈哈哈！”隔壁传来老和尚的嘲笑声，“你害怕了？好吧，那么我也一块儿去吧。你跟我来！”

法信就像被牵着鼻子一样，被迫进了老和尚的房间。

刚刚正在看书的老和尚早已经收拾停当了。他点燃了提灯里的蜡烛，迈步向大殿的方向走去。年过五十的老和尚消瘦的脸庞，在微弱的烛光映照下，看起来像骷髅一样可怕。

两人进入大殿后，烛光摇曳，两个人的影子在天花板上不停地跳跃着。大殿里空气混浊，人走进来就像掉进了无底洞一样。法信的心里不由得升起一丝恐惧，他甚至觉得这次难以平安归去。

真人般大小的黑色佛像安坐正中，在老和尚挑着的烛灯映照下，显得更加庄严肃穆。老和尚在佛前念经时，周围金色的佛具上，各种形状的影子在晃动。香炉、长明灯盘、烛台、花瓶、木刻的金色莲花以及佛坛、经桌、布施箱等器物的影子，就像许多只不知名的昆虫一样在佛具上飞舞、闪烁。在这些器物中间，似乎隐藏着许多只巨大的蝙蝠似的怪物，它们一个个都伸展着疲惫的翅膀。看到这些，法信的两腿开始不由自主地哆嗦起来。

念完经，老和尚又开始挪动脚步。他好像也受到了这种可怕气氛的影响，往前挪动的脚步似乎比以前更快了一些。检查了一圈门锁，老和尚脸色有些苍白，放心似的叹了一口气。

之后，老和尚又像想起了什么，转身又进入让人毛骨悚然的大殿。他似乎想到佛像跟前去，但最后只是坐在念经用的座位上。他把烛灯放在身边，然后说道："法信，快来拜佛！"

法信就像机器人一样就地跪下，和老和尚一起念了一会儿经。之后，他抬起头来，看见佛像慈悲为怀的容颜在烛光下更显柔和。在暴风雨之夜，这纹丝不动的佛像在他眼中显得更为崇高、伟大。不过，这反而让法信更深地陷入梦魇般无尽恐怖的世界里了。

"这风真可怕呀！"

老和尚这句话，把法信吓了一大跳。

"我说，法信！"稍事停顿，老和尚扭转身子，突然用非常严肃的口吻对法信说，"今晚在佛祖前，我有件事得向你忏悔。我现在要向你坦白我犯下的让世人震惊的罪过。幸好现在外面风雨交加，我不用担心被别人听见。你要竖起耳朵，好好给我听着！"

老和尚眼睛发亮，提高嗓门儿，接着说道："你或许认为我是一个德高望重的和尚，其实呢，我是一个不配在佛前打坐、破了戒也不知悔改、连畜生也不如的恶人。"

"啊？！"

听到这儿，法信大感意外，不由得叫出声来。他觉得全身的肌肉变得像石头一般僵硬，两眼直勾勾地盯着老和尚的脸。

"我呢，是一个杀过人的大坏蛋。真的，在你来这儿之前，有个叫良顺的小和尚受雇于此，我把他杀了。"

"不会的！不会的！师父，这不是真的，请不要再说这么可怕的话了。"

"不，这是真的，佛前不打妄语。外面的人都知道良顺是因病而死的，其实他是被我杀死的。这是有原因的，是有很深刻的原因的。这原因很难启齿，可是我现在必须告诉你。

“我当了四十年和尚，这四十年中，我闻过无数烧毁尸体的气味。刚开始时觉得并不怎么好闻，可随着年龄的增长，却变得异常喜欢那种气味，到最后竟然发展到一天闻不到那种气味，我就觉得心如刀绞、火烧火燎、一刻也坐不住。这种反应虽然非常荒唐，可是我没有办法。烤鱼、烤牛肉等的气味，我一点儿也不喜欢，这些气味是无法和鲜红刺眼的曼珠沙华花似的人肉燃烧出来的气味相媲美的。

“法信，你还记得之前我借给你的《雨月物语》里‘兰帽子’的故事吗？就是那个和尚，在他喜欢的孩童死后，因悲伤过度，竟然吃掉了那个孩子身上所有的肉，而且从此迷恋上人肉的味道，接二连三杀死村里人。我就是那样成为人世间的恶魔的，因此到最后我杀死了良顺。

“我是利用良顺生了一段时间病的机会，偷偷地给他下毒，不留痕迹地杀死了他。没有人怀疑他是我杀的，所以他死后和其他人一样举行了火葬仪式。不过，在他被火葬之前，他身上的肉全被我割了下来。当然，这件事，别人是不可能知道的。

“你猜，我把良顺的肉怎么样了？因为我已经厌烦了这样不停地杀人，我想尽可能长久闻到燃烧人肉的气味。于是我冥思苦想，终于想出了一个绝好的办法。没错，我就是想用他肉里的脂肪来做蜡烛。如果做成蜡烛的话，作为出家人，我就可以早晚在佛前点燃它，每天闻到它的气味了。在佛像前点蜡烛，谁也不会怀疑的，我也因此可以长期享受下去。按照这种想法，我便偷偷地开始亲手制作蜡烛。我往普通蜡烛里加入良顺的人油，制作出了许多我想要的蜡烛。

“每天上殿诵经的时候，我都会小心地点燃这种蜡烛，来满足我畜生般的欲望。即便不来大殿诵经的时候，我有时也不忘点燃这种蜡烛享受一番。在佛的佑护下，我就这样一直享受至今。想一想，这还真是让人感到恐惧呢。

“可是，法信，你也知道，我做的人油蜡烛数量终归有限。即使每天只用一根，一年下来也要用掉三百六十五根。人油蜡烛越用越少，我内心也焦急起来。这两三天，我一直被一种难以言表的苦闷和不安折磨着，再不想想办法就过不下去了。法信，你不知道，我发愁得连饭都吃不下去了。

“现在这儿燃着的，就是用良顺的人油做的最后一根蜡烛。所以从刚才起我就坐立不安了。法信，我想让你做良顺的替代品！法信，我要杀了你！

“你要干什么？你现在想逃也晚了。这个暴风雨的夜晚，正是杀人的绝好时机，你不许哭！你就是哭，就是叫，也没人听见！你已经是被毒蛇盯上的青蛙，怎么跑也跑不掉啦。你干脆不要反抗了，就让我把你制成人油蜡烛，满足我这奇怪的爱好吧！”

法信被老和尚紧紧地抓住了胳膊，他太害怕了，连哭都哭不出来，就像一摊烂泥一下子瘫坐在地上。可一想到此刻性命攸关，为了抓住最后一线生存的希望，他还是哀求起老和尚来：“师父，请你饶了我吧。我不想死。求求你，求求你，不要杀我！”

“嘿嘿嘿……”老和尚像魔鬼一样笑着。

此时，暴风雨中的大殿好像晃动得更厉害了。

“到了这时候，无论你怎么求我，我都不会放过你的。你就死心吧！”

话音未落，老和尚便从腰间拔出一个亮闪闪的东西。

“啊！师父，求你积积善德吧！千万不要用那把刀杀我，放过我吧！我真的不想死！”

听了这话，老和尚举起的手慢慢放了下来：“你真的不想死吗？”

“是的。”法信双手合掌向老和尚作揖道。

“那好吧，我就饶了你。不过，你必须听我的话。我说什么，你就必须做什么。”

“行，我都听你的。”

“你肯定吗？”

“我肯定。”

“那么，你就帮我杀人吧！”

“啊！”

“不杀你的话，我就必须杀另外一个人。你要帮我动手！”

“这……这种可怕的事真要我来做？”

“你不愿意干吗？”

“可是……”

“你要是不想干，那你就受死吧。”

“哎呀，师父！”

“怎么了？”

“好吧，任何事，我都愿意替你做。”

“你真的愿意帮我吗？”

“是，是的。”

“好！那现在马上就动手！”

“什么？！”

“现在就动手杀人！”

“在哪儿？”

“就在那儿！”

“那要杀什么人呢？”

老和尚没有回答，只是满脸杀气，左手指着佛像的方向。

“你的意思是让我杀佛祖吗？”

“不是！现在佛像后面藏着一个趁着暴风雨来偷布施物品的小偷。他就是你的替身。你跟我来！”说着，老和尚便站了起来。

可是还没等法信站起身来，眼前便出现了奇怪的一幕。佛像后面突然蹿出一个大老鼠模样的黑黢黢的怪物，把周围的东西碰倒一片，一溜烟地逃走了。法信愣了一下，才明白那是一个蒙面小偷。

“哎呀，师父！”

令人难以置信的是，这个时候的法信已经忘了恐惧，他大叫一声，就要去追那个小偷。可是老和尚一把抓住了他，用他一贯柔和的口吻说道：“放他走！已经逃走的，就让他逃走吧！不过，法信，你要原谅我！刚才我所说的蜡烛一事，是我突发奇想编造出来的故事。刚才我看到佛像后面有一个东西一闪而过，我就知道那是趁着暴风雨来偷东西的。如果我不小心叫出声来的话，那个小偷就会做出意料不到的事情。所以我只能考虑用策略把他赶走。你想，要是被他挥舞着刀追杀的话，我们两个可能都会没命的。幸亏小偷对我的话信以为真，最后仓皇逃走了。你看，这只是一根普通的蜡烛。良顺也的确是因病而死的。其实今天晚上我一直在看《雨月物语》，刚才吓唬你的那个故事，就是受那本书启发编出来的。”

说到这儿，老和尚举起右手拿着的那个亮闪闪的东西，继续说道：“你所说的刀，其实是这把扇子。人在恐惧的时候，经常会把一些东西看错。那个小偷肯定也把这当成刀了……”

暴风雨依旧肆虐着。

ねことむらまさ

猫和村正

听到我的声音，妻子坐了起来。就在那时，我看见了黑暗中发光的猫眼。……

像猫眼一样发光的东西正是她的右眼。那个时候，我感觉我的心都快要跳出来了。

我的妻子变成了猫?!

这是猫的报复！这是前妻的诅咒！

接到“母亲病危速归”的电报后，我草草收拾行装，赶到东京车站，准备乘坐回家乡名古屋的火车。

我坐上了晚上八点四十分开往姬路的第二十九号列车。这趟列车最近被称作“魔鬼列车”，车上偷盗和其他犯罪事件频频发生，成为人们恐怖的焦点。坐上这趟列车，我便感到相当不舒服，可是一想到母亲突然生病，不知道现在怎么样了，或者说不准已经去世了，我就寝食难安。因为这趟列车是我能够乘坐的最早一趟火车，所以我就购买了三等座位的车票。

尽管这趟列车是“魔鬼列车”，可在东京站就已坐满了乘客。我座位正对面的椅子被一个戴墨镜、头戴麦秸帽、西装外套着披风的四十岁左右男人占据。那人脸色惨白，就是所谓的“容貌不佳”之人。我觉得他的穿戴有点儿不合时宜，让人不舒服。

不过，我脱了鞋往座位上一坐，靠着车窗闭上眼以后，不知什么时候竟把这“容貌不佳”之人的事情忘得一干二净，脑子里满是母亲的事情。

如果是平时，我一坐上火车，睡意就会袭来，今晚我却怎么也睡不着。我脑子里乱哄哄的，一会儿想起住在牛込寓所里的妻小，一会儿又想到草草做了一半的工作。

因为是梅雨季节，列车经过国府津的时候，外面开始淅淅沥沥地下起雨来。听着滴答滴答击打车窗的雨声，我的心情更加郁闷了。

车厢内满是呛人的烟味。旅客中有睡着的，也有极有兴致地聊天的。在昏黄的灯光映照下，人们脸上看起来总浮现着一种旅愁。可能是我的心理作用吧，我觉得人们脸上都带着对“魔鬼列车”上其他人的防范之意。

不经意间，我扫了一眼对面那个“容貌不佳”之人。他睡着了，还发出轻微的鼾声。

可能是考虑事情累了，我不知不觉地打起盹儿来。

可能是列车刚刚过浜松的时候吧，我被车内嘈杂的声音惊醒，看到列车长和其他工作人员着急地跑来跑去。

我有一种不妙的预感，抬头一看，坐在我对面那个戴墨镜、相貌丑陋的人不知去哪里了。

我问身后的人发生什么事了，这才知道刚才二等车厢一位乘客的巨款被盗，引起了轩然大波。这趟列车真不愧是名副其实的“魔鬼列车”。我不禁打了个冷战。

过了一会儿，我想去洗手间，站起来准备穿鞋时发现右脚的鞋丢了。

我吓了一跳，在座位下面找也没找到。平时我就富有想象力，此刻马上就把自己的鞋丢失与二等车厢的偷盗事件联系到了一起。有了这样的推断，我再也坐不住了。

“喂，列车长！糟了，我的一只鞋丢了！”

我向正从旁边走过来的列车长大声喊道。其他乘客都一齐看向我，甚至有人都站了起来。

列车长面带不悦，来到我跟前。他先在座位下找了找，当然什么也没有找到。之后，他又在我对面空着的座位下找起来。不一会儿，他站了起来，右手拿着一只鞋。

“不就在这儿吗？你那么夸大其词，吓了我一大跳。”列车长责备似的说道。

我有点儿不好意思，可突然发现列车长手里拿着的鞋跟我的式样不同，并且是一只左脚的鞋。

“列车长，这不是我的。我丢的是右脚的鞋，这只是左脚的！”

听我这么一说，列车长神色一变，把自己拿着的鞋和我左脚的鞋对比起来。

“哎呀！这可真是奇怪呀！莫非——”

正在这个时候，刚才不见人影的那个戴墨镜的人用手绢擦着手回来了。他一看见列车长满脸惊讶，就站到那儿不动了。

列车长立刻把注意力投到那个人的脚上，说道：“哎呀！你怎么两只脚都穿着右脚的鞋呀？”

那人低头看自己的脚下，好像才发现，说：“呀，这好像是我不小心……”

“这鞋是你的吧？”

列车长举起手里的那只鞋问道。

“的确是我的。”那人红着脸答道。

列车长的脸上露出疑惑的神色，他肯定认为这家伙是一个奇怪的人吧？突然，他严肃地问道："不过，可真奇怪，你穿着别人的鞋，怎么会注意不到呢？"

"哎呀，实在对不起，不管怎样——"

"这事儿不是道歉就能解决的，这种错误再怎么考虑也不会是偶然发生的。"

"可是，这真是我搞错了，请原谅我吧。我刚去了一趟洗手间。"

"要是平时的话，这是可以一笑了之的事情，可现在二等车厢发生了偷盗事件，麻烦你到列车长室来一下！"

听了这话，那人的脸突然变得煞白。

"那么，为了给您解释清楚，我就在这儿说吧。其实我是一个一只眼失明的残疾人。"他边说边摘下了墨镜。只见他那只失明的右眼看起来很凄惨，我不由得同情起他来。

然而，列车长并未放弃："可是，是别人的鞋还是自己的鞋，自己的脚不是马上就能感觉出来吗？"

"那是因为，我的左脚是假肢。"

说完，那人就要撩起裤子给列车长看。

列车长这才和颜悦色起来："不用了，实在抱歉。"

说完，列车长放下那只鞋，逃也似的走掉了。可是那人并没生气，再次坐在我面前。

"我错穿了您的鞋，实在对不起。没办法，我是个残疾人，请您原谅我——"

"没关系！"我忙制止他，"您身体不方便，倒是让您麻烦了，我也很抱歉。"

接着，我去完洗手间回来的时候，那人从架子上的背包里拿出梨和小刀，并请我吃梨。我对他的好意表示了感谢，心里为自己刚才嫌弃对方的长相而感到不好意思。我没有客气就吃了他给我的梨。

刚才我满脑子里装的都是母亲和妻小的事情，此时才轻松起来。同时，我开始对那人产生了浓厚的兴趣。这是因为，我的直觉告诉我，这人肯定是因为一些曲折的经历才残疾的。

“您要去哪里呀？”那人问我道。

“我接到母亲病危的电报，要回名古屋。”

“是吗？那您一定很担心吧？这种心情，我深有体会。我现在是带着妻子的遗骨回家乡大津。”

听他这么一说，我大吃一惊，不由得直盯着他的脸看。

“在您母亲生病期间对您说这么不吉利的话，实在很抱歉。”

“哪里，我从来不信什么吉利不吉利的。”我笑着说。

那人却一脸认真地说：“我以前也不相信吉利不吉利、因果报应之类的话。可是，我老婆死了，我自己又突然残疾了，我就不能不相信这些事情了！”

听了他的话，我突然有了一种不祥的感觉。之所以这么说，是因为平时我排斥一切迷信，今天接到母亲病危的电报，我突然无法排斥迷信的说法。其实刚才听到那个人说他妻子遗骨之类的话，我突然觉得好像母亲已经病故了。

“您太太是最近病故的吗？”我平静地问道。

“距离今天正好五十天。”那人一脸悲伤地说道。

我很后悔自己刚才那样问他，随后改变话题道：“不好意思。请问，您是不是因参加战争而负伤的呀？”

听了我的话，那人的表情更加悲伤。

“在我妻子去世的同一天，我的眼睛和脚受伤了，所以还不太适应假肢，这才犯了刚才的错误。”

听了他的话，我虽然很同情他，但也很兴奋。我非常想知道那个人残疾的原因到底是什么，可是的的确确无法问出口，我只能沉默地看向窗外。

雨还在不停地下，打在车窗上的水滴慢慢地流下去。火车就像不懂我们的心情一样，以一如既往的单调声响行驶着。当我再次注视那个人的时候，和他的视线碰到了一起。

那人好像能看透我的内心一样，微笑着说：“离天亮还早着呢，我给您说一说我身上发生的事情吧！”

我心中大喜，表示同意。

那个人开始讲起下面这个恐怖的故事。

我姓辻，在日本桥开了一家经纪人股份公司。您知道，股票公司一般都很迷信，刚才我也说了，我一点儿也不相信迷信。可因为最近我遭遇的不幸和灾难让我完全成了一个迷信家。也就是说，从来不相信因果报应、吉利不吉利之类事情的人，为了证明自己生活平静，从未碰到任何不幸这一事实，反倒渐渐开始迷信了。

我现在拿着的，其实是我前妻的遗骨。

我前妻一年半前去世，此后我家接连遭遇不幸，先是我的现任妻子死了，之后我变成了残废。这些不幸和灾难全是我前妻的报应所致啊。我这样说，您可能会笑话我迷信，不过听完我后面的话，您可能就明白了。因为我前妻不是自然死去的，而是自杀而亡的。

虽然我以前也听说过女人的执着、痴迷很可怕，但我四十二年来做梦也没想到会这么可怕。

我的前妻之所以自杀，无外乎是因为嫉妒。她因为气愤我在外面有女人而用日本刀刎颈身亡。

我是她家的养子，我们结婚两年后，她父母就都相继去世了，只留下我俩相依为命。我们没有孩子，这也是让她发狂的原因之一。

本来她就是一个丑女人。刚开始我对和她的姻缘不太愿意，可是因为种种情况还是和她结婚了。或许这就是错误的根源。也就是说，我如果断然拒绝去她家的话，什么事也不会发生。可我当时意志薄弱，才酿成了现在的悲剧。

当时，媒人使劲劝我："即使对方相貌不好，你也可以找别的女人啊。"但可笑的是，我听了媒人的话，找了别的女人，却导致我的前妻因恨我找那个女人而自杀。

我曾在一本书上看到过，说相貌丑陋的女人生性残忍。我的经历说明这种女人的残忍天性在她死后会变本加厉。

我在外面找的那个女人曾做过艺伎，这个消息传到我前妻的耳朵里以后，家里就变得整天气氛低沉。她不光向我哭诉，有时甚至咬我，埋怨我。之后，公司的人甚至帮我将此事告上法庭。这种情况反复出现。

有一天晚上，我索性去了那个女人那儿。我不在家的时候，她用我家代代相传的叫"村正[①]"的日本刀刎颈自杀了。

听说这把叫"村正"的日本刀会给拥有它的家庭带来不

---

① 村正是日本村正家族锻造的一系列刀具，锐利无比，在日本战国时代广泛应用于实战。后来因为德川家几代家主都被村正刀杀死或砍伤，德川家康下令毁弃所有村正刀，人们也逐渐将其视为不吉的象征，有了"妖刀村正""村正噬主"之类的说法。——编者注

幸，此刀一旦出鞘，必见血光。拥有它的第四代主人在发疯之后，就用这把刀杀了他的妻子。我的前妻也是发了疯，然后用这把刀自杀的。要是不小心的话，我说不定也会被这把刀杀死的。佐野次郎左卫门的戏中有“笼钓瓶真锋利啊”[1] 的台词，我想，那把刀就是村正吧。我家祖传的日本刀“村正”也和那把“笼钓瓶”一样，非常锋利。

我的前妻右手握着那把“村正”，横刎而死，伤口竟达脊椎骨，连验尸官都吃惊不已。仅仅一刀，并且是凭女人的力量，都能划出这样深的伤口，只能推测为刀太锋利的缘故。之后，我也亲身尝试了一下“村正”的刃口，确认了它究竟有多锋利。我一直认为，不管多么锋利的刀子，只要使用它的人不擅长，它是不会很麻利地切断东西的。但尝试了这把刀，我才知道自己的想法是完全错误的。

我前妻自杀前留下了一封可怕的遗书。那封遗书上说，她将变成幽灵，然后杀死我的女人，并且让我变成残疾或要我的命。果然，我们遭遇了那样的命运。

不过那时，我只是认为那是女人出于嫉妒心的套话，一点儿也没放在心上。前妻死后半年，我和那个女人都平安无事。接着，我感到自己忙不过来，就把那个女人娶回家，做了我的妻子。恐怕这件事就是招致不幸的开端吧。

我家里有一只祖母在世时就饲养的母猫，名叫三毛。这只猫的身体很肥大，当时我的前妻就像疼爱自己的孩子一样，疼爱这只猫。可以说，她对这只猫的疼爱已经非比寻

① 出自日本歌舞伎剧《笼钓瓶花街醉醒》，剧中主人公佐野次郎左卫门因妖刀“笼钓瓶”的诅咒而发狂、杀人。——编者注

常了。发现前妻自杀的尸体后，三毛就蹲在尸体上，我公司的人很吃惊，想赶走它。可它在很长时间里无论如何也不愿离去。

三毛一点儿也不喜欢后来我的妻子。我的妻子想抱抱它，它一定会抓伤她，之后逃走。

在前妻活着的时候，我就不太喜欢三毛。前妻死后，三毛好像对我开始抱有一丝敌意了。三毛常常静静地蹲着，凝视着我们。看到三毛凝视我们的眼神，我和妻子不禁浑身不适。慢慢地，妻子说那只猫带着前妻的灵魂，请求我把它扔掉。

第一次，我让店里的人把它带到牛込一带扔了。可过了两天，它又好好地回来了。

我们越来越讨厌它，之后，把它扔得更远，可每次扔掉它三四天后，它自己肯定会回来。

妻子曾想过干脆毒死它算了，可是有点儿担心它的怨灵来报复，最终没有实施。

就这样，前妻死后过了一年多，有一天，妻子突然说，她右眼模糊，看不清楚东西了。我马上劝她去看眼科医生。可我妻子是 ×× 教的教徒。她认为祷告一下就会好的，不去看医生，而去附近的 ×× 教教会祷告了。然而她的视力越来越差。我一味主张她去看医生，可她相当顽固，执意不去。

有一天，妻子从 ×× 教教会回来，对我说，向神祈祷之后知道自己的眼病是我前妻的冤魂作祟，三毛身上带有我前妻的冤魂，所以只要三毛在，她的眼病就不会好。因此，她以后要祈祷让三毛消失。我对这种事情能否应验极为怀疑。

但不可思议的是，从那时起不久，三毛突然消失了。过了十天，甚至二十天，它都没有回来。妻子听说后大喜，越来越相信神灵的法力，也乐观地认为自己的眼病马上就会好。

可是她的眼病一点儿没见好，她反倒越来越看不清楚了。即便这样，她也只相信 ×× 教的法力，而不去看医生。

一天晚上，我到家很晚。平时妻子一定要等我到家之后再睡的，可那天晚上，她觉得身体不太舒服，就早早躺下了。她一直喜欢开着灯睡觉，可那天晚上她觉得晃眼，就把灯关了。

我和平常一样，打开卧室的门。听到我的声音，妻子坐了起来。就在那时，我看见了黑暗中发光的猫眼。

“三毛！”我不由得大叫一声。

“哎呀！”妻子也大叫了一声，从床上跳起来，打开了灯。可是，房间里根本没有三毛的影子。我们不禁面面相觑，脸上表情复杂，半是惊慌，半是放心。

“哎呀，吓我一跳。”妻子说。

“我看错了，不好意思。”

说完，我换上睡衣，让她躺下后，关了灯。在我正要睡下的时候，又看见妻子枕头跟前有一个和刚才一样闪亮、发光的东西。我一下子坐了起来，打开灯一开，还是没有猫。

“哎呀，怎么了？”她吓了一跳，问道。

“没事，什么事也没有。”我回答道，声音有些颤抖。

接着，我关了灯，再次躺下了。

不久，我再次朝她那边一看，又看见了发光的东西。我抑制住兴奋，悄悄地抬起右手，朝发光的地方伸去。我使劲一抓，竟然抓住了她的鼻子。

“你干什么呢？”妻子笑着说道。

我根本笑不出来，再次把手伸向发光的东西，这一次碰上了她的右眼睫毛。我心头一紧，把手缩了回来。

像猫眼一样发光的东西正是她的右眼。那个时候，我感觉我的心都快要跳出来了。

我的妻子变成了猫？！

这是猫的报复！这是前妻的诅咒！想到这儿，我惊恐万分，连告诉她的勇气也没有了。

那天晚上，我一夜未眠，一直在考虑这件事。第二天，我下决心不把这件事告诉她。因为我觉得，告诉她的话，她可能会发疯的。这一切说不定是我的错觉。之后，我在黑暗中仔细观察她，她的右眼的确像猫眼一样会发光。

从那时起，我才慢慢相信因果报应。现在回头想想，她的眼睛发光，其实不是什么不可思议的事情。不过，当时我相信因果报应的心理已经非常坚定了。

妻子全然不知此事，依然去××教会。不久，她的右眼完全失明了。她的右眼不再在黑暗中发光，我心里还高兴了一阵儿。可是她的右眼不仅不能恢复了，而且慢慢鼓起，与此同时，她说头疼得厉害。

有一天，她突然发高烧，卧床不起。我不敢怠慢，要请医生，她竟然同意了。

前来检查的N博士给她做完检查，把我叫到一边，小声问我道：“起初，您太太的右眼是不是像猫眼一样在黑暗中发光？”

我很吃惊，答道：“是的。”

“这是一种叫‘脑神经胶质瘤’的病，是视网膜上长出了恶性肿瘤。这种病，小孩比较常见，大人有时候也会得。在它像猫眼一样发光的时候把它摘除就好了，现在为时已晚。”

“您说为时已晚，是不是说她的右眼已无法医治了？”我担心地问医生。

“不止！遗憾的是，肿瘤已扩展到脑部，并且并发急性脑膜炎，已经没有治愈的希望了！”

听了这话，我顿觉五雷轰顶，后悔得直跺脚，可是已经来不及了。

从那天晚上开始，妻子因高烧说起了胡话。

“三毛来了！”

“三毛来了！”

…………

她就这样不停叫喊着。

一天下午，二十七岁的她闭上了眼睛。

即便我知道她的眼病不是出于什么不可思议的原因，我依然坚信她是被我前妻冤魂的报复害死的。我开始在心里诅咒前妻的冤魂和携带那冤魂的三毛。要是三毛那个时候在家的话，我肯定对它极度憎恶，甚至会打死它。

我把妻子的尸体搬到了客厅，因为这间客厅带有走廊，前面靠近庭院，是她生前最喜欢的房间。

我取下木窗，让她的脸冲着庭院，然后点燃了一炷香。香的烟气飘荡在院子里新长的绿叶间，这种情形是我至今难以忘怀的最悲痛的印象。

接着，在旁边的房子里，我和亲戚们一起商量了丧事及相关事情的准备工作。

片刻之后便有公司里的手下人慌慌张张跑来找我。

“老板，不好了，三毛出现在院子里了！”

一听这话，我愤怒得血直往头顶上冲。

我想，向三毛报仇的时刻终于到了。我跑到里间，把日本刀“村正”拿了出来。可一打开停放尸体的客厅的拉门，只见三毛一动不动蹲在尸体上。

我唰的一下拔出了刀，三毛可能感觉到了我的杀气，一下子跳起来，跑到院子里去了。我也追到了院子里。

看见三毛正在爬院子里的杉树，我追上去，咔嚓一下朝三毛砍去。

最后只感到手发麻。

正感到疑惑时，我突然觉得自己的左脚和右眼像被火灼烧一样疼。

我本来想着要砍中三毛，结果它逃脱了。我的那一下，只是把直径五寸左右的杉树树干砍成两截。上面的一截树干倾斜着倒下时，尖刺入我的左脚。与此同时，一根树枝的尖部扑哧一下刺入我的右眼。

讲到这儿，戴墨镜的男人叹息了一声。

火车依然发出惯常的声响，可我感觉自己像被带进了一个恐怖的世界。

“哎呀，我讲的故事太长了吧？”

那个人继续讲道：“之后，我被马上送进医院。只是右眼瞎了，左脚因为感染化脓，不得已从膝盖以下截掉了。妻子的丧事在亲戚朋友的帮助下进行。我住了四十天医院，安上假肢后就能自己走路了。此后三毛一直未见踪影，似乎永久地消失了。我深信，我变成残疾也是前妻的诅咒所致。”

他讲完时，雨停了，原来灰蒙蒙的天也开始放亮了。

在名古屋和那个人分别后，我直奔到家一看，母亲因为脑出血已陷入严重昏迷的状态。四天后，虽然她一度恢复意识，但最后还是故去了。

我一直认为在那趟列车上听到的那恐怖的故事就是我母亲死亡的前兆。

れんあいきょくせん

恋爱曲线

我想用我那极度饱尝失恋之痛的血液流经同样饱尝失恋之痛的女人的心脏，这样得出的曲线才是恋爱的极致曲线。……把用我的鲜血流经她的心脏画出的曲线作为纪念品送给你。……

我现在感到无比喜悦。虽然自己无法亲眼看到这个曲线，可我坚信我制造的是真正的恋爱曲线。当我的血流尽的时候，她的心脏也将停止跳动。这不是爱情的极致是什么呢？

亲爱的A君：

为了恭祝你一生的盛典，我要衷心送上纪念品——“恋爱曲线”。这种礼物，不要说婚礼，就是在其他任何场合，包括日本、中国、欧美各国的任何地方，恐怕都是开天辟地以来任何人都未曾送过的。对此，我甚为得意。

作为一名贫穷的医学工作人员，我相信，即便耗尽我的所有积蓄，也未必能买到让你这个百万富翁大公子满意的礼物。因此，我在深思熟虑后，终于想到了这个“恋爱曲线”。如果是“恋爱曲线”的话，我坚信，它一定会打动你的心。我一边写信，一边为自己有这个想法而从未有过地兴奋。将要嫁给你的雪江小姐，我并不陌生。为了祝愿你们永远幸福，在这儿我要送上“恋爱曲线”，用它来表达我对你们的祝福。

你可能会觉得非常滑稽，像我这种迂腐、不开窍的科技工作者，竟然也会使用“恋爱”之类的词语。但是，请你相信，我并不像你所想的那么“冷血”，流淌在我心里的血也是热乎乎的。正因如此，我对你的婚礼才不会置若罔闻，我绞尽脑汁，才想出这个很吉利的名字。

为了你明天的婚礼，今晚我才动笔写信。虽然这样做非常失礼，可是你要知道，这也是没办法的，因为“恋爱曲线”只能在今晚制作，而且必须在明天早上送到你手里。尽管你可能会非常繁忙，但我坚信，无论多忙，你都会看完我这封信的。

虽然有些啰唆，但我还是打算先详细说明何谓“恋爱曲线”。简单地说，“恋爱曲线”就是表现爱情的极致的曲线。这是一种自古以来无人尝试的礼物，如果不讲清楚它的由来，不仅会让你理解起来有点儿困难，我也会觉得有些遗憾的。因此，虽然说起来有些复杂，不过还是请您耐心地读完这封信吧。

为了让你清楚地了解这个“恋爱曲线”的由来，我要先说说对你这桩婚事的看法。

最后一次见你大概是在半年前。在这半年时间里，你我之间没有任何联系，我突然间送你这么珍贵的礼物，你应该已经察觉到这里肯定有深刻的缘由了吧？哎呀！聪明的你或许早就猜到这缘由是什么了吧？

你应该十分清楚，被你称为身上只流着“冷血”的我，是一个爱情失败者。可能你会认为，作为爱情失败者，我送给爱情胜利者你的礼物，肯定是饱含悲伤之情的吧。并且，从你甩掉很多女孩子的经历来看，你应该还没有品尝过失恋的痛苦，你肯定不会同情我的。因为你对女人有一种神奇的吸引力，所以你很难体会，像我这样的男人，仅仅会因为自己喜欢的女人被别人夺走就陷入失恋的深渊，不能自拔！

不管你怎么想，我还是对你身上这种吸引女人的神奇力量羡慕不已。尤其是对你所拥有的金钱，我羡慕得已经有些怨恨了。在你的金钱面前，首先是雪江小姐的父母低下了头，接着雪江小姐也被迫低头了……

我说这些话，让人觉得好像我对你怀有恶狠狠的敌意一样。其实我是一个性格软弱之人，是不太可能对别人怀有敌意的。要是我真的对你怀有敌意，我就不会给你写这封信了。这么说可能对你很不礼貌，其实直到现在我对雪江小姐还是非常眷恋的。对即将成为雪江小姐丈夫的你，我又怎么会夹杂一丝敌意呢？我一边写这封信，一边在心里为你们二人的真正幸福而祈祷。

半年前，饱受失恋之痛的我逐渐与世隔绝，把自己关在研究室里，一门心思从事生理学方面的研究。此后，研究就像恋人一样成为我的全部。就像下雨前会感觉到胸膜炎的伤口疼一样，有时候我的心也会痛，不过我还是逐渐忘记了所有的往事。

随着研究的进展，我终于能迫使自己不去回忆那段悲伤的过去。在听到你俩结婚的消息之前，我感觉往事已渐渐从我的记忆中慢慢淡去。可就在前几天，我意外地收到一个人的来信，才知道你马上要结婚的消息，于是被强压在心底的悲伤回忆又强烈地冒了出来，最终我决定送你这个礼物。

作为一名实业家，你可能不清楚科技工作者过着什么样的生活、心里想着什么、进行着什么研究吧？其实，从表面来看，科技工作者的生活非常平淡，他们所从事的研究工作也极其枯燥。不过真正的科技工作者经常会把全人类的安危置于心头，他们常常怀着对人类无与伦比的爱而进行自己的研究活动。所以，除了那些混淆是非的伪科技工作者，真正意义上的科技工作者身上流淌的血恐怕比常人的都要热烈。实际上，身上流淌的血没有常人热烈的话，他也就不可能成为真正意义上的科技工作者。

那么，饱尝失恋之痛的我选择的究竟是什么样的研究课题呢?我选择的是心脏生理学方面的研究。

请你不要笑，我绝不是因为自己心碎了才选择这样的课题，我可没有这种风雅。那种为了修补破碎的心灵而潜心研究心脏功能的做法，只是小说中的情节罢了！其实我从学生时代开始就对心脏机能产生了浓厚的兴趣，所以才选择这个自己非常喜欢的课题。可这个偶然选择的课题意外地帮了我的大忙，让我能在你一生中最值得庆祝的时刻给你送上“恋爱曲线”。

“恋爱曲线”！下面我终于要对“恋爱曲线”进行说明了。不过，在此之前，我必须先说明我们一般是如何对心脏进行研究的。

为了彻底搞清楚心脏的机能，把心脏从生物体内摘出来进行检查是最好的办法。其实，只要在合适的条件下，心脏即使被从生物体内摘除，也会继续正常跳动的。低等动物、一般热血动物甚至人类的心脏，即便离开它们所属的身体，也会独立地扩张、收缩！如果心脏被切除,躯体就会死亡,即便躯体死亡了,心脏还会继续跳动!这是多么不可思议的现象呀!

试着想想看，要是现在把你的心脏切下来，让它跳跳看，不知会是什么样子；或者现在把雪江小姐的心脏切下来，让它跳跳看，也不知会是什么样子；或者把你和雪江小姐的心脏都切下来放在一起跳动，不知又会是什么情形。你要知道，手脚健全的人中，虚情假意的人很多，可是心脏不然，它只会坦坦荡荡、无所畏惧地跳动!我脑子里面浮现的满是即将成婚的你俩的心脏，在这种无聊的想象中，我给你写这封信。

我不小心有些偏题了。

动物和人类的心脏一样，在躯体死亡后，把心脏切下来放在合适的环境下，心脏会再次跳动起来。库里亚布科[1] 从死后二十小时的人的尸体里摘出心脏，观察它的跳动，结果发现它的确继续跳动了一小时左右。这说明，人死以后，心脏还会继续存活约二十小时。这一现象说明心脏对生的执着是多么强烈啊！我开始慢慢明白，古人之所以把桃心作为爱情的象征，看来绝不是偶然。按照这种想法，或许可以说，心脏隐藏着人生所有的秘密！因此，为了探求人生的秘密，我把心脏作为研究对象，也是无可厚非的。

要说“恋爱曲线”由来的话，就必须先说清楚心脏是如何被切除的，还有是用什么方法使心脏跳动的。我知道你事务繁忙，我也很心急，因为写完这封信，我就必须开始制造“恋爱曲线”了。不过，还是要请你坚持把这封信看完。我在这儿之所以反复这样说，是希望你能完全理解我的心意。我甚至希望我这封信的字字句句都能深深刻到你的心脏上。

我首先是从青蛙身上摘取心脏并开始研究的。可科学是主要以人类为对象进行研究的学问，于是我想尽量选择与人类比较接近的动物进行研究。因此，我后来主要研究兔子的心脏。不过，兔子的心脏处理起来比青蛙的要复杂得多，不仅要求有很熟练的技术，还要有助手协助。

不过，慢慢地，我一个人就能全部操作了。我先把兔子仰面固定在兔台上，用乙醚加以麻醉。估计兔子已经完全麻醉后，用手术

① 阿列克谢·库里亚布科（1866—1930），俄罗斯生理学家。——译者注（后文如无特别说明，均为译者注。）

刀和夹子把它胸口心脏部位尽可能大地切开，然后切开包裹心脏的皮囊，跳动不已的心脏就出现在眼前了。

深藏于胸中的心脏，即便暴露在外界，依然能若无其事地跳动不已。你可知道，心脏完全是个表里不一的东西，正如有人所说的“人心善变”一样。

看到心脏，接着就该把它摘除了。不过，要是直接摘除的话，出血会导致手术无法进行，所以必须先把大静脉、大动脉、肺静脉、肺动脉等大血管用细线系住，再用手术刀把这些大血管切断。

要立刻把切下来的心脏放进三十七摄氏度左右的洛克氏液盘中。板栗大小的兔子心脏，会很快变得无力直至停止跳动。因此，要迅速系住肺动脉和肺静脉的切口，给大动脉和大静脉的切口连接上玻璃管。接着，把心脏取出来，放在事先准备好的一立方尺① 大小的盒子的适当位置，然后让三十七摄氏度的洛克氏液流经心脏，心脏就又会开始跳动。这里所使用的洛克氏液是由1%的氯化钠、0.2%的氯化钙、0.2%的氯化钾和0.1%的碳酸氢钠组成的水溶液。它和血液中的盐类成分基本一致，它流入心脏像血液流经心脏一样，所以心脏会持续跳动。

可是，若是只有这种溶液流入的话，心脏不久就会衰竭的。因为即使是生命力再强的心脏，如果不依赖外界的能量，也不会持续跳动。通俗点儿说，这和人不吃饭就没力气的道理一样。所以，若是用作能量之源即心脏的食物，这种溶液一般要再加上少量的血清蛋白或者葡萄糖，这样心脏就会长时间持续跳动。

当然，取代洛克氏液，让血液流经心脏的话，效果最好，不过

① 一立方尺相当于0.027立方米。一尺约合0.33米。

在平常的实验中使用洛克氏液就足够了。心脏自由跳动还离不开氧气，通常在洛克氏液中还要加上足够的氧气。盛放心脏的盒子也要保持三十七摄氏度左右，这样洛克氏液就从盒子上面流入，流经心脏后再从盒子下面流出去。

你绝对想象不到，当盒子里只有心脏跳动时，那情景竟然会让人感到非常庄严、肃穆。被切下来的心脏是一个完整的生物体，这魔幻般的生物体，看起来像散落在鲜红蔷薇上的黄色小菊花花瓣和搁浅在海滩上的水母一样，有节奏地不停收缩、扩张着。看着这自由跳动的心脏，你会感觉它的存在完全是有意识的。这心脏有时就像长了小小的五官一样，对自己被从母体上切除而充满怨恨；有时又像为能够接触到尘世的空气而显得非常喜悦；有时又像在嘲笑为了研究心脏机能而仅把心脏切除的科技工作者的愚蠢举动。当然，这只是我的幻觉而已。

现在不论在动物体内还是被切下来放在体外，心脏都会全力跳动。它严格遵循要么跳动要么停止的原则。也就是说，心脏一旦要工作，就会尽全力工作。换句话说，像心脏这么忠诚的劳动者是非常少见的。从这一点来看，用心脏来代表爱情是再恰当不过的。因为心脏不会因为受到不同的刺激而产生不同的反应；它一旦跳动起来就会尽全力地跳动，一旦停止的话，就一点儿也不会跳动。心脏的这种个性堪比爱情的本质，它不会为金钱等外力而改变分毫。真正相爱的恋人，即便有再大的困难横亘在眼前，他们心脏跳动的频率也应该是协调的，就像收音机的电波相通一样。

不知你听说过没有，其实心脏每一次跳动都会产生电流，为了研究心脏跳动产生的电流，有人提议使用电气心动计。这个电气心动计正是我制造“恋爱曲线”的基础。

在解释电气心动计的使用方法前，我必须先解释一下我是如何分析、研究切下来的心脏的跳动的。

肉眼是无法进行精确的比较研究的。要研究心脏的跳动，就必须准确记录心脏的跳动。记录心脏跳动变化情况的即是“曲线”。因此“恋爱曲线”就是记录恋爱过程中心脏跳动的变化情况的曲线。你可能听说过，地震仪记录地震发生的情况时就是用曲线表示的。把涂有黑墨的纸卷成圆筒状，让它规则地旋转，同时让运动着的物体伸出的细杆接触它。随着物体的运动和圆筒的旋转，这个圆筒上就会出现特殊的白色曲线。用同样的方法也可以在黑墨纸上画出心脏运动的曲线。

不过，因为我对心脏运动时产生的电流非常感兴趣，所以我主要是使用前面提到的电气心动仪进行研究。

几乎所有的肌肉运动的时候都会产生电流，也就是所谓的动物电流。心脏也是由肌肉构成的脏器，所以它跳动时也会产生电流。用曲线表示心脏跳动时产生的电流的仪器就是电气心动仪。

发明这个仪器的人是荷兰人艾因特文。这个曲线的原理其实非常复杂，不像前面说的那么简单。把心脏跳动时产生的电流传导出来，让它通过比蜘蛛丝还细的镀白金石英丝。设置在石英丝两端的电磁铁会让石英丝根据通过其电流的多少产生相应幅度的摇摆。在弧光灯① 的照射下，石英丝摇摆的幅度就会非常明显。然后在很小的范围内用照相用的感光纸直接感受它的摇摆，再用感光纸成像，那么表示心脏电流变化的白色曲线就出现了。这里用的感光纸，就像活动摄影胶卷一样能够卷起来，因此可以连续二十分钟甚至三十分钟

① 用电离弧光作为光源的一种强光灯，常被用作彩色摄影的照明。

不停地记录心脏的跳动。我将要送给你的“恋爱曲线”就是用这种感光纸记录下来的曲线。

在准备做实验前，我首先研究了将要用于心脏的各种药物的药效。我先把洛克氏液通过心脏时的常规变化曲线拍摄成像，然后把混入药物的洛克氏液流经心脏时的变化曲线拍摄下来。对比这两种曲线，就会发现肉眼看不到的变化，由此就可以知道药物对心脏会产生什么样的作用。

从洋地黄、阿托品、蝇蕈碱等毒性药物到肾上腺素、樟脑液、咖啡因等一般性药物，凡是对心脏有作用的有毒药物，我都一一记录了曲线。不过，我所做的一切并非什么创新性研究，因为已经有很多人在此之前实验过了。这些只不过是我研究的对照性实验罢了。

那么我进行的到底是什么研究呢？简单地说，就是比较各种情绪变化和心脏机能之间关系的研究，也就是说，当出现通常所谓的喜怒哀乐等情绪时，心脏产生的电流状况是如何变化的。比如我们吃惊或生气时就会感觉心跳发生变化。我只不过想对这些变化进行更为客观的研究罢了。

很多学者都指出，动物在惊恐时，血液中的肾上腺素就会增加。那么我想，惊恐时的血液流经心脏时的心脏变化曲线和肾上腺素流经心脏时的心脏变化曲线应该是相同的。以此类推，当惊恐以外的其他情绪变化时，血液也会发生相应的变化。因此，诱发动物产生喜怒哀乐等情绪并让这些时候的动物血液流经心脏，再用电气心动仪测出心脏跳动的变化曲线，就可以推断出动物产生各种情绪时它们的血液中会出现何种性质的物质。

当然，这种研究存在很多困难。理想的状态是，必须诱使摘除了心脏的动物产生发怒、痛苦等情绪并让这些时候的血液通过心脏。但这根本是不可能做到的。无奈之下，只能用产生各种情绪时的乙兔血液流经甲兔的心脏这一方法来进行研究。可更为困难的是让兔子产生愤怒、悲伤等情绪。兔子本来是一种面无表情的动物，从它的脸上根本就看不出喜怒哀乐等情绪变化。所以，本来想让兔子愤怒，它却一点儿也不会愤怒；或者原本要让它高兴，它却一点儿也不高兴。这让我非常困惑。

于是，我停止了对兔子的实验，转而尝试对狗进行实验，也就是把甲狗的心脏摘除，然后从愤怒或快乐的乙狗身上抽取血液，使其流经甲狗的心脏。用这种方法可以测出心脏变化的曲线，但还不是最理想的曲线。这是因为，好不容易让狗高兴起来了，可一采血，它就又变得异常愤怒，结果只能测出接近愤怒时的变化曲线。而一旦给狗施以麻醉，最终只能测出狗无表情时的变化曲线。所以到头来只比较理想地测出了狗愤怒和恐慌时的变化曲线。

基于以上的原因，为了描绘出各种情绪出现时动物体内血液对心脏的影响的理想曲线，只能直接对人体进行实验。如果以人为实验对象的话，人愤怒时的血液、悲伤时的血液、高兴时的血液就比较容易采集。不过，人体实验最难的是如何找到人的心脏这一器官。不要说活着的人的心脏了，就连死了的人的心脏也很难得到。

无奈之下，我还是决定利用兔子的心脏。至于血液，因为没人愿意给我提供血液，所以我就用自己的血液进行实验。为了实验，我开始阅读各种各样的小说，让自己时而悲伤，时而愤怒，时而喜悦。每当这时，我就用注射器从自己手腕上的静脉血管里采五克血液进行实验。为了防止血液凝固，在采血的时候，像采集兔子、狗的血液时一样，还要先往注射器里注入一定量的溴酸钠。

对用以上方法得到的曲线进行研究，就可以明确说明动物在喜怒哀乐时的心脏变化曲线之间的差异。动物感到恐怖时的曲线，的确与肾上腺素流经心脏时的曲线类似；动物感到快乐时的曲线，也的确与吗啡流经心脏时的曲线类似。不过，双方只是类似而已，在细微之处还是都有明显差别的。后来，我经过练习，逐渐能很清楚地区分这些曲线了，打眼一看就知道哪个是恐怖时的曲线、哪个是愉快时的曲线、哪个是肾上腺素的曲线、哪个是吗啡的曲线。之后，我又通过对狗的心脏、兔子的心脏，还有最后使用的羊的心脏，反复实验，都得出了相同的结果。

不过，你也知道，从事研究的人是不会轻易知足的。按理说，通过对兔子、狗和羊的实验，我得到了相同的结果，应该知足了，可我还是想进一步对人的心脏进行研究与实验。正如前面提到的一样，人类的心脏在躯体死亡二十小时后还能搏动，所以即便是死人的心脏，也是可以用来研究的。

为了得到死人的心脏，我专门拜托了病理解剖教研室和临床医学教研室的医生。

不久，我很幸运地得到了一个女孩子的心脏。这个女孩子是个十九岁的结核病患者，她被喜欢的人抛弃，内心极度绝望，累及健康，住进内科病房不久便死掉了。听说，死前她一直不停地说：“我的心上一定有一道很大的裂缝，在我死后，请一定仔细解剖我的心脏，希望对医学能有帮助。”幸好我的朋友得到了她的尸体，按照她的遗嘱，我得到了她的心脏。

虽然我已经能够非常熟练地摘除兔子、狗、羊之类动物的心脏，但当我手拿手术刀接触到她蜡一般冰冷惨白的尸体时，还是感觉到一股异样的战栗从指尖传遍全身。不过，当我依次切开尸体薄薄的脂肪层、血红的肌肉层和肋骨，划开胸腔、心囊，拿出心脏的时候，我还是恢复了以往的冷静。她的心脏当然没有裂缝，只是显得很瘦。

在此之前，我只见过动物鲜活的心脏。看到她的心脏时，我一开始都没认出来。虽然死后只过了十五小时，可她的心脏出奇地冰凉。我用手托着切下来的心脏时，竟一时有点儿恍惚。等回过神来，我赶紧把这颗心脏放进温暖的洛克氏液中仔细清洗，然后把它放在盒子里连接好，让洛克氏液流入。

刚开始时，这颗心脏好像睡着了一样，一动也不动，过了一会儿开始一下一下地跳动，不久就开始剧烈搏动了。虽然这是预料中的事，可我还是不由得觉得那个女孩子像是复活了，一种肃穆的感觉从心底油然而生。我竟一时忘了这是在做实验，出神地凝视着这奇妙的跳动，同时在心里琢磨这颗心脏的主人的事情。失恋！多么悲惨的命运呀！当时我深有同感。我不也是一个饱尝失恋之痛的人吗？在主人活着的时候，这颗心脏跳动得多么剧烈，又多么悲伤呀！以前的那些痛苦回忆，看起来好像已经被洛克氏液洗涤干净了，现在它正在无拘无束地不停收缩、扩张着。或许自失恋以来，这颗心脏一天也没有平静地跳动过吧？跳吧！跳吧！洛克氏液多的是，跳吧！尽情地跳动吧！

不一会儿，我突然发现，这颗心脏跳动得越来越弱了。毕竟它已经跳动了一小时。我把时间都花费在遐想上了，竟然忘记了自己要进行的情绪研究。作为一名科技工作者，我为自己这种丧失冷静的行为感到羞愧。好不容易得到的贵重实验素材就这样白白地浪费掉，真是太可惜了！片刻之后，我想到的就是赶紧进行失恋这种情绪的研究。给失恋者的心脏注入同样处于失恋情绪的我的血液，得到的曲线肯定是理想的失恋曲线！

我照例迅速从我的胳膊上采集血液，注入这颗心脏，并且让电气心动仪开始工作。这颗跳动得越来越弱的心脏，一接触我的鲜血，一下子充满活力，猛地又连续跳动了三十多下，之后一下子活力减弱，最后完全停止。也就是说，这颗心脏已经死亡了，已经永远地死亡了。可测出的曲线清楚地呈现在照片上。经过分析、研究，我发现，这个曲线的特点既不像悲哀、痛苦、愤怒或恐怖时的曲线，但同时又和这些情绪的曲线有些相似。

测出了失恋曲线，我又想测出失恋的对立面即恋爱的曲线。这恐怕又是为科技工作者永不知足的欲望所驱使吧。对曾经恋爱过、现在却只感到失恋之痛的我来说，该怎样测出恋爱曲线呢？我感到束手无策，无能为力。可是我越想放弃，心里要完成它的想法就越强烈，甚至最后强迫自己去完成。这么说对你可能很不礼貌，我和你不同，除了雪江小姐，我没有爱过任何人。直到现在，我也没有对其他人产生过真正的感情。实际上，除了雪江小姐，我不会真正爱上其他人。这样来看的话，我是无论如何也得不到恋爱曲线了。话虽这么说，可已然形成的强迫性想法是不会轻易消失的。无奈之下，我只能不停地想，有没有方法可以让失恋的情绪转变成恋爱的呢？我冥思苦想，最后竟有些痴狂了。

可是前两天，我从某人那儿无意间得知，你马上就要和雪江小姐结婚了。这一消息就像火上浇油一样，失恋的悲伤一下子又在我的体内燃烧起来，我一下掉进了失恋带来的痛苦深渊。从那时起我就坚信，直接利用这种极致的失恋之痛，一定能描绘出恋爱曲线！

你可能在数学课上学过“负负得正”这一原理吧？我就是想利

用这个原理把失恋曲线变成恋爱曲线。我想用我那极度饱尝失恋之痛的血液流经同样饱尝失恋之痛的女人的心脏，这样得出的曲线才是恋爱的极致曲线。

你可能会问,你到哪里去找饱尝失恋之痛的女人呢？不用担心，我之所以能想出上面所说的原理，就是因为我已经找到了那个饱尝失恋之痛的女人。这个女人不是别人，就是写信告诉我你和雪江小姐要结婚的那个女人。

你可能已经猜到了，给我写信的女人正因为你的婚礼而饱受失恋的煎熬。你爱过很多女人，应该多少了解女人的心情。正如我只想着雪江小姐一样，这个女人也只真正喜欢一个男人。因为你和雪江小姐的婚姻，她正在遭受失恋的煎熬。因为你们的婚姻而遭受失恋之痛的我和她，如果联手创造一个曲线的话，依照上面的原理，肯定会是真正的恋爱曲线！因她极度绝望,只想一死了之。你可知道，这世上还有比想死更强烈的愿望吗？看到这个女人的决心，我就为自己因失恋而生的懦弱而备感耻辱。这个女人让我备受鼓舞。今天晚上我见到了这个女人，听了她的话，我提出了自己的想法。她欣然同意，并且请求我在她死后摘除她的心脏，把用我的鲜血流经她的心脏画出的曲线作为纪念品送给你。于是我下定决心，着手准备制造恋爱曲线。

你要知道，我现在正在研究室电气心动仪旁边的桌子上写这封信。因为我所在的是生理学研究室，谁也不会想到我会深夜在这里制造恋爱曲线，所以我能完全按照自己的计划行事，不会受任何人影响。

阴森森的黑夜越来越深了。用来做实验的小狗在墙角狂吠了两三声，不过很快就被冬夜寒冷肆虐的北风刮得哗哗作响的窗玻璃声淹没了。为我提供心脏的女人，已经在我的脚下陷入了深眠。这是因为刚才听我讲完制造恋爱曲线的顺序和计划后，她非常满意，勇敢地服下了大量的吗啡。她不会再活过来了。她一吃完吗啡，我就开始加热洛克氏液。准备好电气心动仪后，我就开始写这封信了。刚才吃完吗啡，她还满意地看着我做实验前的准备。但当我着手写这封信的时候，她已经陷入深深的睡眠。这是一种多么美丽的死法啊！现在她还有微弱的气息，但已气若游丝了。我的手不住地颤抖，写的信肯定颠三倒四、不得要领，可我已经没时间再去读了，接下来我必须去摘除这个女人的心脏。

四十分钟后，我终于把她的心脏切下来，并且把它放在装着洛克氏液的盒子里，连接好管子，让洛克氏液流经她的心脏。先前做手术的时候，我遵从她生前的愿望，一直让她的心脏保持跳动。为了能准确测出恋爱曲线，她希望自己的心脏在停止跳动前就被摘除。我举着手术刀准备手术时担心她会半路醒过来。不过，直到心脏被摘除，她都一直平静地睡着，让人觉得她一直在平静地呼吸。她安详的尸体在灯光的照耀下显得无比美丽！

她的心脏正在愉快地跳动着，像正在期待我的鲜血流经它。那么，接下来就该采我的血了。为了满足她完成恋爱曲线这一悲壮的愿望，我决定采用一种从未尝试过的血液流通法。以前我都是用针管从我的静脉上采血，这一次我决定在我的小臂上插上玻璃管，直接让我的血流经她的心脏。为了感谢她给我提供心脏，我这么做也是应该的。要完成恋爱曲线，必须这么做。

二十分钟后，我终于把我的动脉血输入她的心脏了。血液流动的劲头很足，没有一点儿凝固。实验进行得很完美，心脏跳动有力。看着跳动的心脏，我的左臂一点儿都感觉不到疼痛。血不停地从左臂的伤口渗出，我不时得放下笔，用纱布擦拭（抱歉，信纸被血染红了）。

流入她心脏的血不会再流回我的身体了，我身上的血在不停地减少，可我的头脑越来越清晰。不久，我停下笔，看着她的心脏，不由得陷入对往事的回忆。

十分钟过去了。

因为缺血，我浑身都冒出了汗珠。好，该打开弧光灯了。这是我提前准备好的，我不用起身就打开了开关。即便一直开着弧光灯，对制造曲线也无大碍。

电气心动仪开始转动了。

因为缺血，除了电气心动仪转动的声音，我的耳边还回荡着虚幻缥缈的声音。

现在，恋爱曲线正被制造着！奉献给你的恋爱曲线正被制造着！可我自己已无法把它冲洗出来了。可能的话，我想就这样把我全身的血流尽。血流完，我就会倒下，弧光灯、照相设备以及室内灯光的开关都会关掉。不久，我们二人的尸体就会被黑夜包围。

拿笔的手开始剧烈地抖动，眼前也越来越暗。我鼓足最后的勇气，给你写最后一句话。

其实，在写这封信之前，我已经给教研室主任和同事写了信，所以现在这封信就是我的遗书。这个恋爱曲线，明天早上会被我的同事冲洗并送到你的手上，希望你永久保留。

你可能早就知道给我提供心脏的女人是谁了吧？我现在感到无比喜悦。虽然自己无法亲眼看到这个曲线，可我坚信我制造的是真正的恋爱曲线。当我的血流尽的时候，她的心脏也将停止跳动。这不是爱情的极致是什么呢？

哎呀，我的血越来越少了，她的心脏也快停止跳动了。你可知道，不愿为了金钱和你结婚、最终回到她真正所爱的人——我——身边的雪江小姐的心脏马上就要停止跳动了……

みっつのあざ

相似的秘密

原来和我一样，您也是在想方设法不让我发现您的秘密呀！一想到这里，我就不由得想乐。那个时候，要是双方都能敞开心扉，毫无保留地把自己的秘密告诉对方，那么双方的相处该是多么轻松啊！……

但不管怎样，我都要鼓起勇气，愉快地扑向您的怀抱。想到这儿，我拿着笔的手便不由得有些发抖。我此刻的心情，希望您能体谅。我父母让我问您好。详细的事等我见了您再说。

我日夜思念的T先生。

看到这些，您肯定满心欢喜吧？不过遗憾的是，我却一点儿没有这样的心情……

一

让人怀念的T先生：

我真的不知道该怎样把我现在的心情告诉您。我想，您现在肯定还在怨恨我吧。其实现在我手拿着笔，内心则充满了不安、羞耻和悲伤，真不知道从何写起。

接下来我要告诉您的秘密，不仅会让您颇感意外，也会让世人目瞪口呆。我打算向您谢罪，并祈求您的原谅。您不知道我痛苦了多久才下决心这么做。不过，和接下来您要听到这个秘密之后的痛苦相比，我的痛苦恐怕真的算不了什么。一想到这里，我就想把所有的真相都告诉您。我父母当然反对我这么做，可我是一个顽固的人，谁的话也听不进去。他们没办法，只得同意我告诉您真相。

接下来我就把自己原本要犯的不可饶恕的罪行和盘托出。这是您意识不到的罪行，您肯定会在吃惊的同时非常生气。不过，在最危险的时刻，我悬崖勒马，最终没让这一罪行发生。这一结果让我稍感安慰，同时，也让我可以心情比较轻松地向您道歉。

因不可思议的姻缘，我嫁到您家，可只在新婚之夜待了一晚，第二天我就回了娘家，之后一直都没有回到您身旁。对我的做法，您肯定很生气吧？不过，我并不会因此觉得自己会愧疚地度过漫长的一生。我越思慕您，我的心里就会越痛苦。您熟悉的身影深深地印在我的心底，让我常常沉浸在美梦之中。可一想到心底的秘密，我又常常从梦中惊醒。

现在回想起来，结婚前我为什么没把一切都告诉媒人呢？这真令我懊悔不已。不管我的父母当时是怎么想的，但只要我勇敢地说出来，现在就不会陷入这么痛苦的悲哀了。我对自己当时的懦弱悔恨不已。一想到因自己的懦弱而差点儿殃及您，我就感到惭愧不已。要是地上有道缝的话，我真想钻进去。

我不能怨恨我的父母，虽然当时就是因为听从了他们的劝告，我才把所有秘密埋入心底的。我很理解他们的心情，缔结如此难得的良缘，他们欢喜不已，他们愿意为此死守秘密。如果我若无其事，在一段时间里，这个秘密是不会被发现的。之后，你我之间有了可爱的宝宝，这个秘密即使暴露，我想，您肯定也会原谅我的。事实上，我就是抱着这种想法，惶惶不安地和您相亲的。接下来，一切进展迅速，忙着准备婚礼，匆匆与您结婚。

我这样说，您可能越听越不明白了。或许您会猜测，在咱们结婚前，我是不是和其他男人有什么不正当的关系。我告诉您，我的秘密跟这种事没有关系。我的秘密是……一下定决心要告诉您，我就不知道该怎么说了。算了，对您直说吧。其实我的右眼看不见，我是一个残疾人。知道了这个秘密，您可能会非常吃惊、非常生气吧？但不管怎样，请您把这封信看完。我右眼失明并不是天生如此。

前年冬天，我突然得了视网膜炎而失明。因为是视网膜炎导致的失明，所以从外表看，我和常人并没有什么两样。所以不光媒人没察觉到，就是和您相亲时，您也没有发现。唉，和您相亲那天，我心里七上八下的，就像一个要上法庭的罪犯一样。不过，您眼睛高度近视，戴着眼镜也没别人看得清楚。这也是没办法，因为我的眼睛，即便是专科医生，一下子也是看不出来的。我的父母强烈主张我隐藏这个缺陷，为了让他们高兴，我最终横下心来，带着这个秘密嫁到您家了。

不过，在嫁到您家之前，我并没有感觉到自己的罪孽有多深。可在结婚那天早上，我的月经意外光顾了，这让我一下子恐慌起来。它比平时提前十天突然光顾，让我百思不得其解。当然，这种事情在当今世界可以说是多得不计其数。可是对有隐情的我来说，只能将它认为是老天爷对我的警告。那时我真的很害怕，流着泪央求父母把实情告诉您家，并且先不要举行婚礼。但我的父母以为时已晚、无能为力这么简单的理由拒绝了我。最后，在他们的强迫下，我参加了婚礼。在前往婚礼现场的车上，在您家举行婚礼仪式的时候，还有在婚宴上的时候，我战战兢兢，如同做噩梦一般。所幸的是，身边的你因为近视，并没有发现我的异常。

或许我的父母多少感觉到有些尴尬吧，他们在婚宴快要结束的时候，把我来月经的事告诉了媒人。客人们喝了酒都兴趣盎然，我却因恐惧、痛苦、害羞而心不在焉。最后只剩下我们两个人，坐在柔软被褥上的我却感觉如坐针毡。一整夜我都没有合眼，一直在想：幸亏来了月经，要不然真不知如何是好。要是有了孩子，遗传了我可怕的眼病的话，那将是多么悲哀啊！这种欺骗你的罪孽要是报应在无辜的孩子身上，该是多么不幸啊！一想到这些，我就不禁泪流满面，难以入睡。

您看见以后，不停地问我为什么要流泪。可在那个时候，我无法告诉您实情，再加上我拒绝了您的接吻要求，您生气了。这一切，我感觉就像在做梦一样。假如您和我一样也得了视网膜炎，在新婚之夜，您才告诉我真相，我可能会发狂，或因气愤至极而把您……嗯，我也不知道会做出什么事。考虑到这些，我实在是没办法告诉您实情。我想，只要我不说出来，您就不会发现。于是我故意好几次抽噎着擦眼泪，来掩饰那只失明的眼睛。也不知为什么，您不摘眼镜，也不正眼看我，这样我倒是松了口气。

就这样，我度过了如履薄冰般的一夜。天刚亮，我就逃也似的飞奔回娘家。父母看见我时大吃一惊，不停地数落我，让我赶紧回去。可我雷打不动，他们只好让步，任由我一意孤行。之后我才能心平气和地坐在这儿给您写信。看了这封信，知道那晚我惹您生气的原因，您可能会有点儿同情我吧？虽然对我的欺骗，您很生气，不过另一方面，正因为我的欺骗才未让您陷入最痛苦的深渊，或许您因此该感激我才对呢！这一切都是因为我非常爱慕您，为了您的幸福才这么做的。如果您爱我的话，您肯定会原谅我的吧？

一旦这个秘密说出来，我就不能再回到您身边了。就算我多么爱慕您，您也愿意原谅我，我也不能允许自己侍奉您一生。现如今我父母对我们的事已不抱任何希望了，虽然他们还没有向媒人解释，但已经同意我写这封信了。其实他们之所以没跟媒人说，只是因为难以启齿罢了。

我俩不可思议的奇缘就像美梦一样逝去了，请您忘了我吧。请您保重身体，再结良缘，度过幸福的一生吧。尽管我的心里还是有很多话想要对您说，可越写心里越难受，眼泪也止不住地流，只好就此搁笔了。最后请代我向您的父母问好。笔迹潦草，敬请见谅。

× 月 × 日

文子

二

日夜思念的T先生：

这是多么意外的事啊！我不是在做梦吧？今天媒人来我家，转达了您对我上封书信的回复。在听到关于您身体的秘密时，我在高兴的同时，更多的是震惊。我们之间的缘分是多么神奇啊！您竟然和我一样，左眼也因视网膜炎而失明了。这种巧合也太离奇了吧？虽说我俩失明的分别是右眼和左眼，但双方都有一只眼睛看不见，而且都瞒着对方，这可真讽刺啊！人们常说，夫妇都有夫妻相，可我做梦也想不到我们会在这个地方相似。我和我父母光顾着隐藏我们自己的秘密了，而没有仔细注意您的眼睛，我们怎么也不会想到您竟然患过和我同样的病。以前从没听媒人提到过，今天他来到我家时，第一次听到我们双方的秘密，他苦笑着说："原来你们双方都一直隐瞒对方到现在啊！"不过，我想，这件事要是不以双方相互隐瞒这一啼笑皆非的方式结束，而只是某一方被欺骗的话，那媒人的责任可就重大了。

这样说起来，新婚之夜您在床上没摘眼镜的理由，我现在也全都明白了。原来和我一样，您也是在想方设法不让我发现您的秘密呀！一想到这里，我就不由得想乐。那个时候，要是双方都能敞开心扉，毫无保留地把自己的秘密告诉对方，那么双方的相处该是多么轻松啊！事已至此，真是让人遗憾不已啊。

您向我和盘托出您的秘密，并且希望我能回到您身边。对此，在有点儿害羞的同时，我欢喜不已。因为直到现在我还爱慕着您。我对您的感激之情真是难以言表。我父母听说这件事以后，也是稍感安心。他们也没有急着给媒人答复什么就让他先回去了。对您的好意，我抑制不住激动的心情，便马上着手给您写回信。

我们两人都是一只眼睛失明的残疾人，这反倒成为把我们紧紧连在一起的缘分。不过，一想到我们生出来的孩子也可能会得同样的病，我还是忧心忡忡。不过，我曾听人说过，残疾人生出来的孩子未必会是残疾人，所以您也没必要过分担心。在隐瞒您期间，我经常为一些小事烦恼不已；秘密被揭开后，以前那些自寻的烦恼，现在回想起来真想发笑。我们两人只有两只眼睛视力正常，这固然是一件很悲哀的事情。不过，从外表来看，我们的确都很健康。只要您同意，我真的很高兴一辈子陪伴在您左右。我父母曾经很期待你我的姻缘，现在知道了您身上的残疾，他们虽说有点儿同情，但没有一丁点儿不愉快，并且欣然同意我回到您身边。您明知我身体有缺陷却毫不介意，仍说要接纳我，对此，我感激涕零。

现在我的心情完全舒展了。自从订婚以来，我没过过一天安心的日子，今天终于第一次感受到了心情愉悦的滋味。可是接下来我不知道该用什么样的心情与您相见，总觉得和您相见我会害羞不已。

但不管怎样，我都要鼓起勇气，愉快地扑向您的怀抱。想到这儿，我拿着笔的手便不由得有些发抖。我此刻的心情，希望您能体谅。我父母让我问您好。详细的事等我见了您再说。我日夜思念的T先生。

看到这些，您肯定满心欢喜吧？不过遗憾的是，我却一点儿没有这样的心情。现在回想起来，一直到结婚前的那些日子，我也和其他准新娘一样，在心里描绘着对未来的种种憧憬。可这些憧憬在婚宴的时候完全破灭了。您的一个朋友，至于名字，我就不说了。他喝了不少酒，在酩酊大醉之际告诉我母亲，说您因视网膜炎，一只眼睛失明了。听到这个消息，我母亲惊讶得无言以对。我听到这个消息时，也是撕心裂肺般懊悔不已。和您只有一只眼睛能看见东西这一事实相比，我们对您企图隐瞒事实这一做法气愤不已。这是一种多么可怕的做法啊！我们甚至有些痛恨媒人了。尽管他也不知道这个事实，但您这种做法太过分了，我一辈子也不会原谅的。可在那种场合，大吵大闹不太好；而且，也不知道您朋友的话是不是真的。于是我们决定先设法确认一下再说。

首先，我父母通知媒人，骗他说我当天早上来月经了，并让他把这话转达给您。接着在婚床上，我刻意观察您的眼睛，可是您十分谨慎，从不摘掉眼镜。我根本无法观察清楚，气得眼泪直流。因为患视网膜炎的眼睛从外表看，和常人的眼睛并没有什么不同，即便静下心来仔细观察，一般人也是看不出来的。不过直到现在我还为自己断然拒绝您的接吻要求，为没被您夺去贞操而暗自庆幸不已。回到娘家后，我对这件事的真伪也难以确定。为了让您亲口说出事实的真相，我便给您写了第一封信。其实我从未患过视网膜炎，我的双眼非常正常。可是如果我不写那封欺骗您的信的话，像您这样卑怯的人是无论如何也不会说出事实真相的。最终我的计划成功了。

您完完全全掉进我预设的陷阱，亲口说出您是一名残疾人。这样我们就能确定是被您欺骗了。

假如从一开始，您就坦白地告诉我这一事实的话，说不定我还会满心喜悦地嫁给您呢。可是现在我对您只有怨恨。在怨恨您的同时，也怨恨那些视婚姻如儿戏的男人。并且，我还怨恨现代日本的婚姻习惯。即便没有被您欺骗，我也觉得欺骗婚姻的种种现象是应该被诅咒的。

我要说的就是这些。那么再见吧，永远再见吧！

×月×日

文子

肠管拷问法

周围安静得几乎都能听到本来没有声音的肠管的蠕动声每个人都目不转睛地盯着那截肠管。

不一会儿，肠管就轻轻动了起来，大概重复伸缩了十次不知道什么原因，一直吊着它的线啪的一下断了，肠管的上端便一下挂在玻璃容器的边缘。

此时肠管的一头正好对着那名嫌犯，就好像一条白蛇朝他猛地扑过去一样。

法医学家 B 氏这样讲道：

你想让我讲讲关于我左脸上这颗痣的由来吗？那我就来说说吧。正如你所推测的，这颗痣并非生来就有，而是后天人为造成的。

我这个地方曾遭一个男人殴打，导致皮下出血，之后变成了黑青色。虽已三年了，可那里丝毫没有变淡。

什么？你说它的形状像蝙蝠？哈哈哈……

和玄冶店[1] 一带富人小妾的住宅比起来，我的法医研究室的确非常缺乏情趣。

闲话少说，要讲这颗痣的由来，就不得不从我学法医学的动机说起。可要说起这个动机，自然就不能不谈我的弱点。既然决定要说出来，那我干脆全说出来吧。简言之，我之所以选择法医学，是

① 江户时代的旧地名，位于日本桥附近，为艺人们的聚居区。

为了满足我虐待狂的心理。你大可不必如此惊讶！你放心，我既不会拿刀砍你，也不会对你拳脚相加。其实我们都有虐待倾向，只是每个人的程度不同罢了。单凭我一家之言或许有点儿站不住脚，但我的确比常人的虐待倾向要强一些。不过，自从有了这颗痣，不可思议的是，我这种倾向慢慢减弱了。

的确，我小时候比其他孩子多了几分残忍之心。每每看到他人身心遭受痛苦，我不会感到可怜，反而觉得很愉快。不过我并不喜欢自己直接做让别人痛苦的事。

我家世代以农耕为生，但我在初中毕业时就想当一名医生，并且顺利通过了那年的第三部分考试。高中毕业，上大学后，我才第一次体验到主修医学能带给自己多么大的满足感。具体说就是开始在解剖学实验室学习解剖尸体之后，我感受到了一种难以言说的愉悦。那种用锋利的手术刀尖剔出一根一根神经时的触感，以及刀口切开内脏时的手感，让我感到迷醉和愉悦。那时的解剖学实验室真正成了我的乐园。因为接触尸体产生的不愉快，更因为那难以忍受的腐败味，很多学生都讨厌解剖学实习。但对我来说，如果有可能，我愿意一年到头待在实验室里不出来。在这期间，我对尸体竟然产生了一种强烈的爱恋。不论男女老少，只要是尸体，与之接触总能让我感到愉悦。说来也怪，比如面对一位美女，比起抚摸她温热的肉体，接触她那僵硬冰冷的尸体更让我感到一种强烈的快感。而且，想象着用手术刀刺入那冰冷的肌肤时，更会增强我的快感。尽管这么说，但我绝没有要去杀她的念头。其实我极其憎恶杀人的人。要是真遇见这样的人，我甚至有种无论如何都要折磨死他的冲动。这就是我投身法医学的重要动机。也就是说，运用法医学可以解剖尸体，同时也能根据解剖结果协助警察抓捕犯人，让他尝尝精神受折磨的滋味。我觉得，在现今的法医学界，恐怕只有我一个人因这种奇怪的动机而立志学习法医学吧！

据说，有虐待倾向的人，一般都会迷恋鲜血，而我说不上迷恋鲜血。这里所说的鲜血，是指拥有生命的身体即温热的身体里流出的鲜血。而我只对尸体里流出的血有快感。不光是血的颜色，那种黏黏的感觉更让我心动。和看到血液相比，用手术刀切开尸体组织的感觉更让我兴奋，因此我解剖尸体时非常精细。从这一点来说，我的法医鉴定一直非常成功，凭此逮到犯人的案件也不在少数。

然而，正如大家所知，无论对尸体进行的法医鉴定多么完美，又或者抓住的犯罪嫌疑人多么确定，但在没有直接证据的情况下，只要那个嫌疑人不招供，就不能对他治罪。进行尸体解剖时，我会尽量保持平心静气，可拿起手术刀时的快感和尽早用法律手段将制造尸体的肇事者即杀人犯绳之以法的强烈欲望一般是难以控制的。特别是当抓住非常可疑的犯罪嫌疑人时，我更有一种常人所没有、恨不得使其当场招供的焦躁心理。有过几次同样的经历，我开始考虑在没有直接证据的情况下有没有从法医学角度迫使犯人尽快招供的方法。几年前去世的纽约警察局著名侦探邦斯，在这种情况下会突然对犯人薄弱的致命之处进行审问，也就是用一种精神拷问法，巧妙地迫使犯人招供，也就是所谓的“严刑逼供法”。现在，美国的警察局里还经常使用这种方法。我这个“虐待狂”对“严刑逼供法”颇感兴趣，想从法医学角度下功夫找到一种方法，通过给嫌犯施加痛苦和压力迫使嫌犯自首。

现在的犯罪学家一致反对严刑逼供，他们认为，即便是精神上的拷问，也应该绝对避免。他们的主要根据是，拷问会把无辜者当成罪犯，也会让罪犯逍遥法外。因此，布鲁斯和闵斯特伯格设计的心理实验，因为与拷问性质相似，也遭到了批判。但我认为，如果嫌犯真的是罪犯，就必须从精神上折磨他。也就是说，在嫌疑人是真正的罪犯时，不能缺少精神拷问。

但是，因为一开始谁都不知道嫌犯是不是真正的罪犯，所以我觉得必须找到一种方法，即在嫌犯是真正的罪犯时能够行之有效的精神拷问，而当嫌犯不是真正犯人时，即使采用同样的方法也完全不构成精神拷问。经过深思熟虑，我发现这个问题是比较容易解决的。

首先，我觉得，应该观察犯罪嫌疑人在法医学实验室看到被害人尸体时的生理反应。我认为，杀人者是非常想见到被害人尸体的。一看到尸体，他就会产生一种恐惧和不安，心脏跳动和呼吸频率也会随之增加。如果用检测仪器测定这些生理变化，在一定程度上能发现犯罪嫌疑人是不是真正的犯人。如果犯罪嫌疑人盯着尸体看，就会感觉尸体突然苏醒，正像爱伦·坡的小说中写的那样，甚至感觉尸体会突然喊道："你就是凶手！"在这种恐惧心理的作用下，犯罪嫌疑人可能会当场坦白。与之相反，如果犯罪嫌疑人不是凶手，即使在刚看到尸体的一瞬间也会心跳加快，但是不会产生恐惧的心理，与闵斯特伯格的心理测验不同，在这种情况下，无辜者绝对不会被判有罪。闵斯特伯格的方法是，特意让犯罪嫌疑人听到描述犯罪的话语，同时观察他们的反应。但其中一些话语也会使并非凶手的人产生兴奋的反应，所以很容易做出错误的判断。

于是，我征得司法当局的同意，在抓到很可疑的犯罪嫌疑人而且没有直接证据的情况下，将他带到法医学实验室，让他看着被害者的尸体，通过呼吸计量器、脉搏测量仪来测量他的生理反应。这种方法在一定程度上取得了成功。特别是在有两名犯罪嫌疑人时，可以很清楚地找出真正的凶手。但是，即使犯罪嫌疑人的反应很明显，也不能仅仅以此作为直接证据，必须等到他坦白才能给他定罪。与我想象的相反，没有一个犯罪嫌疑人仅仅通过看到被害人的尸体而当场认罪。更让我不满意的是，甚至有的真正凶手看到了尸体，心跳和呼吸也没有丝毫变化。总之，让犯罪嫌疑人看受害人尸体的方法，最终没有达到我所预期的效果。

我开始采用第二种方案，即将犯罪嫌疑人带到法医学实验室，在他们面前进行尸体解剖。我想，这样应该会得到预期的结果吧。

人们普遍认为那些杀过人的人在观看尸体解剖时不会害怕，可实际上很多凶手在杀人时会异常兴奋，也就是说很容易孤注一掷，而行凶之后一旦恢复正常，即便是因为极度憎恶而杀了被害人，在看到被害人的内脏在自己眼前被掏出，也会因为害怕而招供。

果然，通过这个方法，有两三个犯罪嫌疑人坦白了罪行。

杀了六十岁高利贷者的三十二岁木匠，看到高利贷者的头盖骨被用锯子锯开时，抓住我的手，招供道："请不要再继续了，他是我杀的！"

杀害自己情妇的玩具制造厂职员，看到情人像雪一样白的腹部被竖着切开时，他抓住我的手用颤抖的声音叫道："我受不了了！是我杀的！让我早点儿死吧！"

但是，也有一些顽固的嫌犯无论看到多么残酷的尸体解剖也不为所动，其中有人甚至流露出让人感到恶心的微笑，好像他正因被害人被解剖而感到很高兴。

接触到这种嫌犯时，我多少会有一些焦躁情绪。我会一边胡乱地在尸体上用刀划来划去，一边纳闷儿。

"难道就没有让嫌犯受折磨的办法了吗？"

我明白，要是嫌犯不供认的话，我确实拿他没办法，除非想出更有效的对策。

经过仔细考虑，我终于想出了第三种方案，那就是在嫌犯面前将被害人尸体解剖，并将一段小肠切下来，让它蠕动。

或许您也知道，人死之后，心脏和肠子也会在合适的条件下与生前一样进行特有的运动。就心脏来说，就曾有记录证明，人死了二十小时后，把人的心脏切下来也能让它运动。虽然我不清楚有没有这种关于肠子的记录，但我想，至少可以得到和心脏差不多的记录吧。我把被害人的心脏摘除了，考虑要不要让嫌犯亲眼看看跳动的心脏。可让心脏跳动的装置要让比肠子蠕动的装置复杂得多，不容易达到我的目标，所以我选择了肠子。尤其是肠子乍看像条蛇，运动时也像一条蛇在缓慢移动。我想，这会让嫌犯感到非常恐惧，从而促使其自首。

首先，我想通过实验确认人死后几小时内肠子可以保持原来的运动状态。多次实验让我确信，人死后二十小时内，肠子都会运动。

做生理学实验时，切得的肠管长度一般是五寸[①]，但我切得的肠子长一尺五寸。

一般的生理学实验会在直径七八寸、高一尺左右、一端有瓶底的圆柱形玻璃容器里放入一个能容纳肠管的玻璃容器，在这个容器里加入无钙台氏液这种透明液体。再用线将肠管的两端系住，竖着放入这种溶液中，下端固定在容器底部，上端被线吊着，线头系在一根杠杆上。肠管的运动传到杠杆上后，杠杆就会画出曲线。我的方法与之不太一样。我在大容器里直接加入无钙台氏液，把切下来的肠管两头用线系好，上端用线吊着，让它在容器里漂动。为了保

① 一寸约合 3.3 厘米。

持大容器内无钙台氏液在三十七摄氏度左右，就在容器下方用本生灯[1] 加热。为了给溶液里面通氧气，我给溶液中插入玻璃管。在生理学实验中，肠管要全部浸入溶液中，但是在我的实验中，肠管上端有三四寸长的部分暴露在空气中，以此加深罪犯对肠管运动的印象。如果把肠子比作鳗鱼，就像用线吊着鳗鱼的头，其胸部以上暴露在空气中，胸部以下浸泡在溶液中。不过，跟鳗鱼不同的是，肠管是白色的，像蚯蚓似的慢慢蠕动，让不熟悉它的人有种恶心、害怕的感觉。我觉得，恢复活力的肠管就像被害人复活一样，能让嫌犯受到同样的震撼。

结果，我用这种方法让很多顽固的嫌犯坦白了自己的罪行。由于恋爱而生怨恨，杀死自己朋友的电力公司员工，看到被害人尸体被解剖时，居然一直在旁笑嘻嘻地看着。可当我摘除被害人的肠子，放到前面提到的那种装置里连接起来时，他突然没有了笑容，眼睛睁得大大的，盯着那像蛇一样的脏器。过了一会儿，当肠管开始蠕动时，他的额头上冒出了豆子大小的汗珠，开始滴落。正在这时，肠管突然在溶液里面转了个圈。

“呜呜！呜呜！”

是笑，还是恐惧？在发出那阵难以捉摸的声音后，他面如土色，一屁股坐在地上。之后，他很长时间说不出话来，接着便将自己所犯的罪行逐一招供了。

后来，又出现过一个不同寻常的场面。

一个四十五六岁、眼睛凹陷、颧骨突出的中年男人，去一个富婆家中偷盗时将富婆杀害了。我解剖富婆的尸体时，这男人就像戴

---

① 德国化学家 R.W. 本生发明的加热器具。

着面具似的面不改色，像柱子一样站在一旁。

“你装得再若无其事也是没用的，我马上就会让你大吃一惊，你最好做好心理准备！”我嘀咕着，照例将肠管切下来，放进玻璃器皿。就在那一刻，他那之前一直毫无表情的双眼里闪现出了惊奇之色。

在解剖室里，除了身穿白色手术服的我、助手和小工，还有一位检察官和警察，加上嫌犯，总共六个人。在这种情况下，绝不会有人发出什么声音，周围安静得几乎都能听到本来没有声音的肠管的蠕动声。每个人都目不转睛地盯着那截肠管。

不一会儿，肠管就轻轻动了起来，大概重复伸缩了十次。不知道什么原因，一直吊着它的线啪的一下断了，肠管的上端便一下挂在玻璃容器的边缘。

此时肠管的一头正好对着那名嫌犯，就好像一条白蛇朝他猛地扑过去一样。转瞬间，他便向那装着肠管的玻璃容器撞了过去。玻璃破碎声响起，容器里的溶液飞溅了一地。

我在地板上没看到那截肠管，不禁环顾四周，寻思那东西到底飞到哪儿了。突然，我发现那截肠管蜷缩在那名嫌犯后颈的衣领上。他一阵悲鸣，两手伸到后面想拿掉它，却因方法不对，反而把那截肠管卷到了脖子上。只听他从腹底挤出“嗡”的一声后，扑通一声倒地，后脑勺将那截肠管压断了，而他昏迷了大约两小时。

不用说，后来他认罪了。他倒下不久便口吐鲜血，那血流在富婆肠管上的样子就连司法界人士也不忍目睹。

以我之见，真凶理当受到这样的折磨。如果有可能，我想给他们更沉重的打击，让他们吃更多的苦头。

过去的拷问应看作一种刑罚，让嫌犯痛苦确实是个不错的方法，可惜主要是肉体上的痛苦，不免略显不足。但是，有时也会让并非凶手的人遭受同样的痛苦，这是拷问的最大缺陷。侦探邦斯的“严刑逼供法”是一种精神拷问，我很有兴趣。但它是以审问为主，只能套出对方的话，何况这种方法也有祸及无辜的缺陷。然而，我提出的“肠管拷问法”不会带给非真凶之人任何痛苦。这种方法自始至终都在沉默之中进行，可能会让对人体解剖不习惯的人多少受到刺激。但大多数场合只用于十有八九是真凶的人，所以作为精神拷问法，我觉得，这是离理想状态最近的一种方法。沉默，是比审问更令人害怕的东西。在众人的沉默中与被自己杀害的人待在一起，这肯定会让嫌犯觉得万分恐怖。加之被害人的尸体被解剖，肠管被切出来后复活，大多数嫌犯看到这一幕都会坦白的。因为实践了数次，没有一次失败，我对“肠管拷问法”兴趣盎然，通过实施它，我体会到了常人所没有的愉悦。

然而，天外有天，人外有人。我终于遭遇到了用“肠管拷问法”也不管用的一个人，他就是在我左脸上留下那颗痣的那个人。之后，我暂时放弃了“肠管拷问法”和其他医学类拷问法。

对“肠管拷问法”满不在乎的是居住在平左卫门的一个三十岁左右的男人。在那个男人的左脸上，有一颗据说是天生的大黑痣。这颗黑痣要用“漆黑”形容才合适，直径有四寸左右。论形状的话，说得好听点儿像蝴蝶，但其实更像毒蛾子张开翅膀时的样子。

大家都知道，身体上有异常的人，不论男女，从小性格大多比较乖戾，犯罪倾向很明显，最后甚至会成为杀人狂。那是因为他们对其他所有人都怀有一种强烈的憎恶之情。像这种身有残疾的男子，进入青春期后，在性欲的刺激下会对女性产生一种反抗的情绪。这样下去，一旦他喜欢一个女人，而且那种恋情也被女方接受，他会极度爱恋那个女人，同时产生一种强烈、病态的嫉妒心。受嫉妒心驱使，他会无端产生各种各样的猜忌，直至杀害那个女人。之后，当他明白这只是自己的胡乱猜忌后，悔恨的念头会非常强烈。大家都看过莎翁的《奥赛罗》吧？黑人奥赛罗因为伊阿古的谗言杀死了妻子苔丝狄蒙娜，后来他明白一切只不过是自己的猜忌时，便极度悔恨，自杀而亡。也有人变成杀人狂，因嫉妒而杀人，之后即便明白一切只是因为自己的猜忌，也不会像奥赛罗那样后悔。但是一般没有强烈犯罪欲望的人，都可能或多或少有些悔恨之情吧。我现在所说的这个男人，之后因发疯，无法得知其杀人（严格说，并不能确定是不是他杀了人）的心路历程，但通过其他情况判断，恐怕是他因嫉妒而杀了人，之后又因过度悔恨而发疯，还强烈拒绝招供。这个男人究竟叫什么名字、在哪里出生，至今还是个谜。

被杀的那个女人是一个男人的小妾，和女佣一起住在浅草田町一座舒适的房子里。女佣是在大约半年前被雇用的。据说，那个女人在女佣来之前的大约一周前，已经住在那里了。那个女人以前在哪儿住、是干什么的，女佣一点儿也不知道。案发当天傍晚，前面提到的那个男人第一次去拜访那个女人。女佣看到那个男人时，因他左脸上的痣而显得很害怕。于是，那个女人出来迎接那个男人时，很吃惊地说："啊！小繁，你还活着啊？"女佣说，对于女主人叫的是"小繁"还是"小常"，她自己记不清楚了。那个男人好像对女主人说了什么，女佣说她也没听清。女主人匆忙将那个男人请进里屋，一直悄悄地与他商量着什么。不久，女主人让女佣去洗澡，然后去附近的饭馆买两人份的饭回来。

女佣回来时已是一个多小时后，因为当时是四月底，所以女佣回到家时天已完全黑了。家里面出奇地安静，女佣很纳闷儿，就打开里屋的拉门。她一看，女主人被毛巾勒着脖子，已躺在地上，死了。于是，女佣不顾一切地跑到派出所，报案说凶手左脸上有颗痣，穿着条纹图案的衣服。警方立刻布网搜查，于当晚十时许在上野车站将那个男人抓捕归案。

警方将那个男人拘留后，马上让女佣前来指认。女佣做证说，就是那个男人。可无论警方问那个男人什么，他都坚持说不知道。他说自己既没去过那个女人的家，也没见过那个女佣。凶手使用的毛巾是被害人家的，现场也没有残留的指纹，所以没有发现任何直接证据，警察也束手无策。那个男人既不好好回答自己的姓名，也不愿说出籍贯和年龄。没办法，警察只好先采集他的指纹，想看看他是不是有前科的惯犯。经过警视厅的调查，在指纹库里也没有发现与之相吻合的指纹。警察甚至用显微镜检查了那个男人衣服上的尘埃和耳垢，结果还是一无所获。

总之，此案唯一的证据就是女佣的目击证词。然而目击证词不能成为直接证据。尽管女佣连“凶手”衣服上的花纹都记得一清二楚，警察也根据这条线索将嫌疑人逮捕了，这说明女佣的证词是属实的。但这世界上碰巧穿着同样衣服、脸上同样有痣的男人不止一个。还有，即便那名男子去过那个女人家，也不能说明他一定是凶手。警察好像也调查了死者的丈夫，但没有查到一点儿让人怀疑的地方。不管怎样，大家都认为那名男子就是凶手。因为他要是没杀人，无论是出于什么特殊情况，他都不会连去过女死者的家这一事实也否认。不管怎样，那个男人是最可疑的，这一事实毋庸置疑。不过，由于没有直接有效的证据，还无法给他定罪。也就是说，警察只能等他自己自首，别无他法。于是检察官请我用前文提到的方法来解剖被害人的尸体。听完案例说明，我便推测那个长着痣的男人肯定是出于嫉妒而杀死了那个女人，便决定对那个嫌疑人使用“肠管拷问法”。

第二天早晨，被害人的尸体被运到了实验室，裸体仰面躺在解剖台上。女死者二十四五岁，披散着漆黑的头发，脸色苍白，相貌端正，并且怀有八个月的身孕，脖子处有一道被绳子勒过的很深的痕迹，发紫的舌头从右侧口角露了出来。死者大概已死十四小时。尸体被运到实验室时是早上九点左右，所以凶案应该为前一天晚上七点左右发生的，这正好与女佣的证词一致。我大致查看了一下尸体，便盖上白布，做好了让死者肠管蠕动的准备，等待着嫌犯到来。

不一会儿，嫌疑人被检察官和警察带进了解剖室。看到这个男人的脸时，我便意识到这个人绝对不好对付。他脸上那毒蛾般丑陋的痣，使他看起来更加凶恶。那时不知为何，我竟预感到“肠管拷问法”可能对他不会奏效，但同时又觉得，如果能利用他那颗痣，肯定比“肠管拷问法”更让他害怕。因此作为“肠管拷问法”失效后的准备，我悄声告诉助手，让他把研究癌症用的煤焦油瓶和涂有煤焦油的短笔一起拿来预备着。

和往常一样，包括嫌犯在内，我们六个人默默地开始了这次拷问。嫌犯一开始好像觉得检察官会问什么，令人难以捉摸地盯着检察官板着的脸，可检察官什么也没说。他又看了一眼解剖台，然后站在离解剖台大约一间[①] 半的地方。警察在门口站岗，检察官站在嫌犯的左侧。我面对嫌犯，站在解剖台的右边，猛地将尸体上的白布掀开后，被害人的尸体便呈现在嫌犯面前。

这时，嫌犯好像眨了一两下眼，但脸色丝毫没变。

我想象着他心里越来越恐惧，便拿起手术刀，先切开被害人的

① 日式长度单位，1 间 =1.81 米。

胸壁，紧接着是皮肤、脂肪层，再用特殊的剪刀剪开筋骨，然后通过胸壁孔取出心包，切开心包后取出心脏。我把取出的心脏放在左手上，按照以往的模式“嗞——嗞——”地切了两刀。这时，嫌犯左颊的肌肉像被针扎似的开始抖动，那漆黑的毒蛾看起来就像展开翅膀要飞一样，但他的脸色依旧没变。

然后，我又开始解剖被害人的肺。从其肺部能很清晰地看到窒息的痕迹。通常法医解剖尸体时，由执刀者口述，助手在旁边记录。可在进行“肠管拷问法”时，我不说话，只是用手指着有特殊变化的部位，助手就按我的指示记录。手术刀放在台子上时发出的金属撞击声过后，周围安静得只剩下助手的铅笔在挂在脖子上的笔记盘上滑动的声音了。阳光照在解剖室的毛玻璃窗上，解剖室在镁光灯的照射下亮得如同夜幕下的墓地一样。沾着血的皮肤散发着刺眼的白光。一只好像刚刚从蛹里爬出来的苍蝇，扑打着玻璃窗，发出微弱的声响。

我撩开被害人的乌发，用手术刀从头部开始解剖。嫌犯看见后，向后退了半步，垂下的双手不停地握紧又放开，但脸色依旧没变。之后，我打开被害人的头骨，到了这一步，我还是没有发现嫌犯身体上有什么明显的变化。

终于，我该解剖死者的腹部了。我用手术刀开始解剖死者像山丘一样隆起的腹部时，就见嫌犯的喉结上下滑动了一下。看到这里，我高兴地想，他的内心终于受到震动了。

如果我的推测没错，他是因为嫉妒而杀人，那么看到怀孕的被害人者被切开肚子，肯定会让他不寒而栗。

打开被害人的腹腔后，自然就露出了面积很大的子宫壁。我没有动子宫壁，而是先从小肠上切下一尺五寸长的肠管，用线将两头扎住，再把它吊在解剖台左边的肠管固定装置上。可能有人觉得本生灯的火根本不像是用来煮这截肠管的。

那个男人两眼放光，死死盯着肠管看，忽然抬起手摸了一下额头。

不久，肠管开始了它特有的蠕动。那个男人肩头到下摆的衣服开始微微地抖动。我一直盯着他，发现他额头上开始沁出薄薄的汗珠。但是他什么话也没说。我几乎觉得惊叫声就要从他的嘴唇间发出来了，但最终他什么也没说。他脸颊泛着红晕，强忍着没有说话。

我的预想是对的。虽说这是预料中的事，但我还是有点儿失望。与此同时，我觉得应该看着他的痣采取计划好的最后一招了。于是，趁那个男人不注意，我手握煤焦油瓶和蘸着煤焦油的短笔，站在与刚才相反的位置，即背对那个男人，站在他和解剖台中间。在他看不见我的动作的情况下，我打算把剩下的部分解剖完。那个男人光注意肠管的运动了，根本没察觉我移动了位置。

我把煤焦油瓶和短笔藏到尸体的右侧，用手术刀切开了子宫壁，看到胎儿以正常的位置即头部冲下、左脸向上横卧着。

我剪断脐带，取出死胎，背着那个男人把死胎拿过来一看。是个男胎。我迅速用纱布擦净胎儿的左边脑袋，偷偷用笔尖蘸了煤焦油，在胎儿脸部与那个男人长痣的相同位置画了一个毒蛾形状的图案。幸好那个男人没有注意到这一切。

我双手捧着左脸颊上“长”着一颗浓黑的痣的胎儿突然转身，把“长”着痣的胎儿脸举到那个男人面前。胎儿和那个男人之间大概有三尺的距离。

那个男人对我这突然的举动非常吃惊，半天不知道我手里举的是什么东西，但很快他的目光就集中在胎儿脸上的痣上。毫无疑问，他认为胎儿脸上长的是自然天生的痣。瞬间他的眼里流露出极其恐怖的神色，呼吸急促，上半身向后仰，摇摇晃晃得差点儿站立不稳。与此同时，他嘴里发出让人恐怖的呻吟声，突然朝我猛扑过来。我脑中闪过他要夺走胎儿的念头，赶快把伸出的胳膊收了回来。与此同时，他挥起像石头一样坚硬的拳头，咆哮着重重地打到我的左脸上，我一下抱着胎儿倒在解剖室里，不省人事。

那时就出现了我脸上这颗痣。

此后那个男人发疯了，直到现在还在精神病院里。然而，他最终还是没有供认自己就是杀死那个女人的凶手。那个用煤焦油做出来的痣，自然和那个死胎一起消失了，但我脸上的痣没有消失。当然，那个男人脸上的痣也不会消失。

我决定中止使用我提出的法医学拷问法，直到脸上那颗痣完全消失。

いんしょう

印象

『我把这幅靛蓝色的鬼浮世绘挂在墙上，一刻不停地看着它，生出来的孩子肯定会长得像鬼一样可怕，或者生出来的孩子皮肤肯定会是靛蓝色的……如果真如我所愿，生出一个外表可怕的孩子，那就是说我对我丈夫的报复成功了……』

说完，她啜泣起来。听了她的话，她可怕的执着再加上她的那张脸，我觉得看起来和鬼魅无二。

今晚，在同好们举行的每月一次的犯罪学座谈会上，话题是“女人的报复心”。由于午后起了风雪，聚在一起的只有我们五个男人，所以我们五个人不像平时那么拘谨，每人拉了一把椅子，围着炉子，一边喝着威士忌、吸着香烟，一边聊着。外面的风雪不停击打着窗户。屋内气氛祥和，我们托着被炉火烤得潮红的双颊谈笑风生，完全忘记此刻已至深夜。

“就像龙勃罗梭[①] 的书上举的例子一样，有一个女人为了报复她的丈夫，每天晚上都上街卖春，染上梅毒后，再传染给自己的丈夫。这种报复方法，只有下贱、没有文化的女人才做得出来。当然，有教养的女人有时也可能会这么做吧！”

我接着话头，随口说出了上面的话。

① 龙勃罗梭（1835—1909），意大利犯罪学家、精神病学家，刑事人类学派的创始人。

“是啊，只要条件允许，有教养的女性也会做出这种事情的。”法官 Y 氏说道。

“女性实施报复也罢，一般性犯罪也罢，都相当拐弯抹角，且具有自暴自弃的特点。一旦下定决心报复，采用出卖贞操，或者像您刚刚所说的那样，以牺牲自己的身体为代价，故意让自己身患恶疾之类的做法，即使是中产或上流社会的女人，也是有可能做的。”

“的确如您所说。”听了 Y 氏的话，紧挨着的妇产科医生 W 氏附和道，“女人的执着是最可怕的。为了实施报复，她们变身为蛇鬼之类的传说绝非空穴来风。”

此时与 W 氏隔着火炉相对而坐的剧作家 S 氏接着说道：“想必 W 氏因职业的关系，见识过很多性格怪异的女人吧？诸位，不妨就请 W 氏把自己的经历讲出来，作为今晚的高潮吧！”

听了他的建议，大家当然都很乐意，不停地催着 W 氏快说。刚开始，W 氏看起来还有些犹豫，他认真考虑了一会儿，才接着说道：“是啊，我经历过各种各样奇怪的事情，但特别值得一提的事不多。不过，有一件事让我非常受触动。虽说医生理应保守病人的秘密，但在这种场合说说也无大碍，况且故事的主人公已去世，所以我就给大家讲讲这个故事。这个故事正好就是关于女性复仇的话题。

“对我们妇产科医生来说，最难决定的就是，当孕妇身体出现危险时，是牺牲胎儿还是让孕妇冒险生下孩子。比如，让患有结核病的孕妇分娩，对母体来说是极其危险的事情。因此，通常情况下，我们都是劝孕妇人工终止妊娠即人工流产。但是有时候孕妇愿意牺牲自己，想生下孩子。夫妻间长时间怀不上孩子，一旦怀上孩子，孕妇是说什么也不愿意做人工流产的。尽管没有妈妈的新生儿非常不幸，但孕妇拥有孩子的本能愿望异常强烈，以至于她们都来不及去考虑孩子将来的不幸。碰到这种情况，我们往往进退两难。最终我们也无能为力，只能按照孕妇的意志，祈求她能够平安无事。

“接下来我要讲的故事，就是与这种进退两难的情况有关的。有一天，我应召去给著名外交官T氏的夫人看病。外交官T氏，我早有耳闻；他的夫人，我也见过两三次。不过那都是两三年前的事情。之后，我对他们的事情一无所知。那时的T夫人是社交界为数不多的美人之一，她既娇媚，又歇斯底里，听说她的品行也不怎么好。要说品行的话，她的夫君T氏也不怎么好。他出身名门，虽然年纪不大，但在外交官界相当有势力。

“我想，可能是T夫人怀孕了，T氏才让我去给她看病。于是我心里想着T夫人以前那孔雀开屏一样绚丽的身影，到了她的家。但让人吃惊的是，T夫人在一名护士的看护下病恹恹地躺在床上，脸颊黑瘦，皮肤没有光泽，打眼一看，与以前的她简直判若两人。

“我给她做了检查后得知，她果然有了八个月的身孕，但同时患有肺结核。胎儿位置正常，分娩没有任何问题，但肺结核已明显恶化。最关键的是，她的心脏功能严重衰竭，如果不立刻终止妊娠，母体将很难坚持到分娩。

“当我建议T夫人尽早终止妊娠时，她竟毫不吃惊。原来，她在怀孕三个月时就患上了肺结核，请内科医生看了以后，内科医生就屡次建议她终止妊娠。但她说自己情况特殊，即使自己没命，也要坚持把孩子安全生下来。她一直坚持到现在。可最近的两三天，她突然感到胸口憋闷，身体极为衰弱。因为担心自己身体上的这些不适会影响腹中的胎儿，她才让我上门。

“‘大夫，我肚子里的孩子没事吧？能安全生下来吧？’T夫人仰面躺着，两眼泪光闪闪，不安地问我。

“‘孩子发育正常，现在已经是第九个月了，即使今天分娩，也是可以健康地存活下来的。’

“虽然我已经预料到分娩时母体的危险了，可那时我只能这样回答她。

“‘真的吗？那太好了！’

“T夫人脸上浮现出了笑容。她那瘦削的脸上布满的笑容，让人觉得非常恐怖。

“接着，T夫人好像在想什么心事，她侧身默默躺了一会儿。可不一会儿她又热泪盈眶，眼泪顺着脸颊滚了下来，打湿了洁白的枕巾。我实在看不下去，就避开了她的目光。之后，T夫人告诉她的护士，因有事要商量，需要她回避一下。

“护士一离开，T夫人就用她那皮包骨头的右手紧紧攥住我的左手。我吓了一跳，不知如何是好，只得再次看着她。她声音不大，却饱含感情地对我说：‘大夫，我好懊悔啊！’

“‘您到底怎么了？’听了她的话，我很茫然，就这样问她。

“T夫人左手拿着纸巾擦了擦眼泪，很难受地喘息了一会儿，更加用力地抓着我的左手说：‘我好懊悔呀！大夫，就请您亲手帮我生下这个孩子吧！只要这个孩子能平安诞生，我就死而无憾了。大夫！大夫！请您千万不要害死我的孩子啊！’

“说完这句话，T夫人开始咳嗽。她松开我的手，用右手轻掩着自己的嘴。时值秋末，院里树上的乌鸦叫声回荡在午后清凉的空气里，让人感到胸口憋闷。

“‘大夫，’止住咳嗽后，T夫人用略带沙哑的声音接着说，‘突然对您说这些事情，您可能会有些吃惊，可为了让您帮助我生下肚子里的这个孩子，我要把所有的缘由都告诉您。我之所以不停地为

这个孩子祈祷平安，其实是为了报复我丈夫。’

“听了她的话，我惊呆了。

“‘您可能很吃惊吧？’

“T夫人接着说道：‘大夫，其实我的婚姻生活一点儿也不幸福。结婚第一年还比较愉快，此后我俩一天比一天疏远。我丈夫生活非常放荡，为此我经常借故吵闹，因此家里面常常是硝烟弥漫。尽管这样，我丈夫依旧胡作非为，一点儿都不收敛。终于，他碰见了一个他喜欢的女人，最终把她纳为二房。从此以后，他便只去那个二房那里。不知道为什么，之前我一点儿也不嫉妒，可从那以后便开始憎恨起他来。并且我下决心，无论如何也要报复他。那时，我发现自己竟然怀孕了。结婚五年了都没有孩子，这回是我第一次怀孕，要是其他人怀孕的话，肯定会非常高兴，可我一点儿也高兴不起来，甚至认为这是我憎恨的人的种，也仇恨起肚子里的孩子。所以，当我发现自己怀孕的时候，我就想做人工流产。正在犹豫的时候，我患上了肺结核。来给我看病的医生说这对母体很危险，他们都劝我终止妊娠。可我突然改变了做人工流产的想法，反而下定决心，不管怎样都要生下这个孩子。当然，我也知道，一旦患上肺结核，即便人工流产，我的身体恐怕也难以恢复健康。要是那样的话，我就更可能成为丈夫的累赘，不得不过痛苦的日子。要是身体健康的话，还可以做自己想做的事情；可一旦生病，周围的人都不会把你当人看的。既然这样，还不如坚持生下孩子，自己死了算了。’

“说到这儿，T夫人喘了口气。我感觉她接下来肯定会说一些可怕的事，所以绷紧全身的神经，听她继续讲下去。

“‘可是，大夫，我并不是心疼肚子里的孩子才要坚持把他生下来的，其实我是打算把孩子生下来，让我丈夫一辈子都承担照顾这个孩子的责任。可是我一病倒在床，我丈夫反倒认为这是好事，迫不及待地让我从家里搬到别馆。他对我的态度也极其恶劣，就好像希望我早点儿死去一样。于是，我开始处心积虑地寻找使我丈夫最痛苦的办法。可是像我这样身患重病的人能做什么呢？我考虑再三，终于想到一个办法，那就是用我肚子里的孩子来报仇。’

“此时，T夫人的眼睛熠熠生辉，就像发现猎物的猫眼一样。我全身发冷，不由得把视线转移到别处。

“‘大夫！’

“T夫人吃力地叫我，并且伸出她瘦弱的右手指着自己对面墙上挂的一个画框。我一直都没在意，原来那个画框中是一幅浮世绘中常见的靛青色的鬼图案。那张蓝色的鬼脸，越看越可怕。

“‘那张鬼的浮世绘原本是秘密藏在我娘家的，就像您看到的一样，它是北斋[①] 画的。在我结婚的时候，将它作为驱邪之物带了过来。但可笑的是，现在被我用作相反的目的。大夫，我要用这幅靛蓝色的鬼画来报复我的丈夫。我以前在一本书上看到过，古希腊有一个王妃，在怀孕的时候日夜不停地观察挂在自己房间里的黑人肖像画，后来生出来一个黑色皮肤的王子。大夫，我就想用这种现象来报复我丈夫。我把这幅靛蓝色的鬼浮世绘挂在墙上，一刻不停地看着它，生出来的孩子肯定会长得像鬼一样可怕，或者生出来的孩子皮肤肯定会是靛蓝色的。出于女人的强烈心愿，我坚信肯定会生出来一个外表丑陋的孩子。所以我早上一睁眼，一直到晚上睡觉前，一直盯着这幅画。如果真能如我所愿，生出一个外表可怕的孩子，那就是说我对我丈夫的报复成功了。看到这个异样的孩子慢慢长大，

① 葛饰北斋（1760—1849），日本浮世绘画家。

对我丈夫来说，将永远是一种难以摆脱的恐怖。可是，如果这个孩子存活不了，那将没有任何意义。所以，我必须平安地生下这个孩子。大夫，请您一定帮我实现愿望。拜托了！我已难过得不行了，拜托您了，医生！’

“说完，她啜泣起来。听了T夫人的话，她可怕的执着再加上她的那张脸，我觉得她看起来和鬼魅无二。这种希望弄残自己的孩子来诅咒自己丈夫的恐怖心理，虽然很难如她预想的那样实现，但居心叵测得让人不寒而栗。

“怀孕的时候看到的情景，会直接影响到胎儿，这种现象在古今文献中绝不少见。这种现象多见于歇斯底里的女性。按照这一说法，T夫人或许会生出如她所愿的孩子。想到这儿，我仿佛看到了一个肤色靛蓝、脸似魔鬼的婴儿，不由得感觉全身的神经都麻木了。

“我不知该如何回答。从我以前听到的关于T夫人的传言，还有从她刚才的话中，可以看出，在品行上，她是一个容易遭到非议的人。她对自己的丈夫有别的女人如此怨恨，我认为有点儿太自私。当然，人的感情是不能客观评断的。作为医生，我不可能提出让她必须放弃那种心理的忠告。即便我提出忠告，她也未必听我的。其实，只要稍微冷静地考虑一下就可以明白，北斋的那个靛蓝色鬼浮世绘的模样根本是不可能按照她所希望的那样出现在婴儿身上的。不过，既然患者如此强烈地希望分娩，我就应该尽力让她平安生产。

“‘大夫，拜托您了！您要尽力让我生下这个孩子啊！’

“T夫人停止哭泣以后，用她那干瘦的双手合十向我作揖，我连忙制止道：‘我会尽力的，请您不要着急。您一着急的话，就会影响您的孩子的。’

“尽量让T夫人安下心来之后，我就回家了。第三天，早上七点左右，我接到电话说，T夫人已经开始阵痛，让我马上过去。我认为，分娩时间提前，是T夫人极度衰弱的身体造成的。我怀着一个不祥的预感，赶紧到了她家。她的丈夫T氏出来接我。

“‘W医生，非常感谢您给我妻子看病。您也知道她是一个非常歇斯底里的人，无论如何也不愿去医院就诊，我一点儿办法也没有。就连一直给她诊治的D医生也不愿意过来了。所以，今天就全靠您了。听D医生说，她的病情急剧恶化，相当危险，还请您多多关照。’

“T氏虽然看起来很担心，但口吻一点儿也不失外交官那种优雅的风范。我端详着T氏，想到这个看起来很体贴的男人被他的夫人这么怨恨，我就觉得他很可怜。我说我会尽力的，就急急忙忙朝病人的住处走去。

“病室里，穿白色衣服的护士和产婆已经做好了准备。我没看病人，而是先把眼光投向对面墙上的那幅画。我觉得，今天有可能如T夫人所愿出现那种超自然现象。T夫人看见我，面带喜色。看见她嘴唇发紫，我赶紧给她注射了强心剂。我感觉到她脉搏很弱，很担心她能否平安生下这个孩子。她阵痛越来越频繁，看起来马上就要分娩了。到底是T夫人，尽管额头渗出了冷汗，她仍然一声也不吭，咬着牙忍着疼痛，自始至终都显得很沉着、冷静。

“分娩终于开始了，不久就传来了婴儿呱呱啼哭的声音。我不由得凝视着这个婴儿，然而婴儿身上并没有出现T夫人所预期的异常现象，也就是说，婴儿皮肤的颜色、脸的颜色都很正常。虽说只发育了九个月就出生了，但她发育得相当好。小家伙皱着眉头边哭边活泼地手脚乱蹬。可就在这个时候，我突然听到‘嗯’的一声细微的呻吟声，回过神来，朝T夫人看去，只见她眼球开始不规律地转动，嘴唇颤抖。我吓了一跳，赶紧给她注射了一针强心剂，可她不久还是没了气息。

“尽管我对T夫人的死感到很悲伤，但更多的是觉得心里轻松多了。如果T夫人看到刚出生的女儿没有她所预期的那种异常的话，该是多么失望啊！与其这样，还不如在看到女儿之前就死去，至少她不用那么失望吧。T夫人应该是清楚地听到了婴儿的啼哭，知道孩子已经平安降生，所以放松了自己的神经，最终咽了气吧。

“护士和产婆看到T夫人咽了气便慌了手脚，切断脐带之后，就那样把婴儿放在夫人的两腿间。我赶紧让产婆去准备热水，让护士去通知T氏这里出现了异常。接着，按照惯例，为了预防婴儿的眼病，我该给婴儿眼里滴点儿硝酸银溶液。就在扒开婴儿右眼的那一刻，我大叫一声，不由得把手缩了回来。各位，刚出生的女婴的眼睛真的是蓝色的！

“我不由得抬头看了看北斋的画。

“那个靛蓝色的图像真的影响到孩子眼睛的颜色了吗？

“可是……

“可是……

“在接下来的一瞬间，我考虑的不是超自然的理由，而是非常常识性、现实性的理由。这样一考虑，我的心一下子就揪了起来。

“T夫人真的报复了她的丈夫了吗？

“T夫人恐怕从一开始就预料到了这个结果吧？

“并且为了以防万一，她转而祈求超自然的现象发生。

“这样想着，我看了看T夫人已无血色的脸庞，也许是我的心理作祟吧，她的嘴唇周围好像浮现着狡猾的笑意。”

いでん

悲剧的遗传

她从小和老母亲在小山村相依为命，在她十二岁时，老母亲离她而去。老母亲临终前痛苦地喘息着告诉了她一个惊人的秘密：『我其实不是你的母亲，你的母亲才是我的女儿，所以我是你的外祖母。当你还在你母亲肚子里时，你父亲被人杀害了，你母亲在生下你一百天后也被杀死了。』她虽是一个孩子，可听了这话也不由得大吃一惊，忙问父母是被谁杀死的。可外祖母只是动了动嘴唇，什么话也没说出来，就这样断气了……

“你问我为何立志要当一名刑法学者，”四十岁出头的K博士说道，“简单说来，全拜我脖子上这伤疤所赐。”

他指着自己颈部正面左侧一道二寸见方的疤痕。

“是因为淋巴结核手术留下的疤痕吗？”我随口问道。

“不是的。说起来还真不好意思……简单说吧，我这是因感情而被迫自杀留下的疤痕。”

听了他的话，我吃惊得无言以对，直直地盯着他。

“看你，不需要这么大惊小怪吧？人年轻的时候会发生很多事情的。那时候人的好奇心太强，有时候这种好奇心会引发祸端。我的这道伤疤，就是年轻时好奇心太强的见证。

“我起初接近一个名叫初花的吉原名妓，也是受好奇心的驱使。可和她熟稔之后，我对她的感情就超越了好奇心，渐渐陷入一种奇怪的状态。这种状态可无法用‘恋爱’这两个字来形容，或许可以说是一种冲动吧。她长得非常漂亮，被称为‘妖妇’，但我还是不由得想见她。那时我有一种很奇怪的心理，认为自己要是能征服这种女人的话就了不起了。当时她十九岁，我是一个刚从大学毕业的二十五岁文科大学生，按照旧时的说法，这一年刚好是我俩的厄运之年。

“开始的时候，她对我不屑一顾。可人的命运真是难以捉摸，渐渐地，她竟然真正地爱上我了。有一天晚上，她把自己从未与人言的身世告诉了我。那真是一个令人悲伤的故事，我听了以后，很同情她，但更重要的是这个故事激发了我的好奇心。正是这好奇心，导致我们俩陷入了危险的深渊。像你这样的年轻人，肯定有过和我相同的心境吧？

“说起她的身世，其实很简单。她从小和老母亲在小山村相依为命，在她十二岁时，老母亲离她而去。老母亲临终前痛苦地喘息着告诉了她一个惊人的秘密：‘我其实不是你的母亲，你的母亲才是我的女儿，所以我是你的外祖母。当你还在你母亲肚子里时，你父亲被人杀害了，你母亲在生下你一百天后也被杀死了。’她虽是一个孩子，可听了这话也不由得大吃一惊，忙问父母是被谁杀死的。可外祖母只是动了动嘴唇，什么话也没说出来，就这样断气了。

“从那时起，她就暗下决心，一定要找到杀死自己父母的凶手，替他们报仇。可是她连自己的出生地和本名都不清楚，根本无法找到凶手，自然就慢慢仇恨起周围的所有人。自从外祖母去世，几年间，她历尽千辛万苦，饱受世态炎凉，结果就萌生了诅咒这个世界的心理。她之所以甘愿卖身为妓，据说也是为了将世间男子尽情玩弄于自己的掌心，多少满足自己报复社会的心理，并以此慰藉父母的在天之灵。真是一种奇怪的供养法呀！

“知道了她的身世，我马上下决心要帮她找出杀她父母的凶手。看起来是因为我同情她的遭遇，其实是我内心的侦探精神驱使的。不过，不论是多么有名的侦探，要在这种情况下帮她找出杀害她父母的仇人，恐怕都是很困难的。我从她的叙述中隐约感觉到，她外祖母临终前的那句话应该是条线索。我嘴里不停地重复着‘当你还在你母亲肚子里时，你父亲被人杀害了，你母亲在生下你一百天后也被杀死了’这句话，几乎到了废寝忘食的地步，特别是对‘一百天’这几个字一连思考了好多天。

“从她不知道自己的姓氏和出生地这一情况，我能推测出她和外祖母是因故被迫背井离乡的。而且她外祖母直到临死前才告诉她父母被杀的事情，肯定是出于某种原因。还有，在她的追问下，外祖母临终前也没有告诉她杀死她父母的凶手到底是谁。从这一事实来看，外祖母不愿告诉她，这种解释也是可以成立的。综合这些情况，我推测出一个可怕的事实。为了印证这一推测，我迅速到图书馆去调查旧刑法的内容。

“通过某一条款的内容，我确信自己的推测是正确的。也就是说，我知道杀害她父亲和母亲的凶手是谁了。不过，这事实在有点儿太出人意料，以至我都不敢告诉她。可是越这样想，我心里想早点儿告诉她完整真相的念头就越强烈。这或许还是年轻时的好奇心在作祟吧。最后，在考虑了许多种方法之后，我终于想到了一个好办法。不过，这个办法必须在和她见面之后才能实施。

“推测凶手和去图书馆花费了我大约两周的时间。一天晚上，面对我的突然造访，她满脸愠色，质问我道：‘你是不是知道了我的身世，开始嫌弃我，就不来找我了？’我告诉她：‘这些天我一直在帮你查找杀害你父母的凶手。’听了我的话，她哭喊道：‘你

骗人！你瞎说！你要是抛弃我的话，我就不活了！’实在没办法，我顺嘴说道：‘凭这个证据，就可以知道凶手是谁！’

“接下来，你应该能猜出她是如何死缠着我让我告诉她真相的情景了吧。没办法，我从笔记本上撕下一张纸，把我查到的刑法条文用铅笔写下来扔给了她。我想，只要她看到，就会明白的。

“谁知，她急切地看了看那张纸片，不知为什么，又三两下把它揉成一团，之后突然微笑着冲我撒娇。我一时间目瞪口呆。

“上床温存一番后，她反复追问我：‘不管我卑贱与否，你都不会抛弃我吧？’我觉得这可能是她知道杀害她父母的凶手是谁以后的一种本能反应。想到这儿，我对她的爱恋之情突然强烈起来。真是难以想象，我竟然用以前从未有过的温柔口吻真心地安慰她。在我的安慰下，她安心地睡着了。之后，我也沉沉地睡了过去。

“几个小时后，我在睡梦中突然感到脖子部位火辣辣地疼，一下子就从床上跳了起来，可不久后又昏了过去。等我再次醒来，睁开眼一看，发现自己躺在白色的病床上，护士正在一旁照看着我。

“之后，我才知道事情的原委。原来，在我熟睡以后，她用剃须刀划破了我的喉咙，然后自己割断颈动脉，自杀身亡了。她自杀时，左手紧紧握着我给她的那张写着刑法条文的字条。原来，她一开始并没有读懂这张字条的内容。在我入睡以后，她请房东帮她念了字条的内容，才完全明白上面刑法条文的含义。同时她也察觉到杀死她父母的人是谁，并且对自己的身世心怀恐惧。一想到我今后无论如何也不会喜欢她，她就心一横，打算让我殉情。”

K博士稍事停顿，又接着说：“你大概也明白了吧？我其实是这样推断的：她的父亲是被他怀孕的妻子——她的母亲——杀害的。她母亲生下她之后，被处以绞刑。正是她那有点儿遗传色彩的悲惨命运，让我下决心成为一名刑法学者。并且……”

K博士说着，从身旁的桌子抽斗里取出一片皱巴巴的纸片。

“请看，这就是被她紧握在手心的那张令她恐惧的小纸片。”

我接过纸片一看，上面是模糊的铅笔字迹。

“被判处死刑的妇女如果怀孕，应停止执行死刑，在其分娩一百天后再执行死刑。”

きょうじょといぬ

疯女人和狗

生完孩子不到三天，阿蝶就抱着哇哇大哭的婴儿，披散着头发光着脚在山间原野上疯跑。她睁着像黑水晶一样美丽的大眼睛，一边诅咒着天那一边的人，一边唱着你刚才听到的摇篮曲，漫无目的地游荡。

『去了山那边的村子了呀……』

那朗朗的歌声在山间回荡，村里人听得无不潸然泪下。

我在京都的一所高中上学时——好像是明治四十一年吧——决定利用寒假，一边拜访名胜古迹，一边徒步从京都回家乡名古屋。这个区间的路程，如果坐火车的话，需要五小时，如果是“恶七兵卫”景清[1]的话，可能连十小时也用不了。我想用五天时间完成，所以这会是一段很轻松的旅程。我旅行时，最讨厌与别人搭伴。那次也是一个人从学校的宿舍开始出发。从小喜欢冒险的我，对那次旅行也充满了不同寻常的期待，希望碰见意外、能让自己的青春热血沸腾的事；或者能卷入一夜就能让人头发变白的恐怖事件；最起码也应该遇见古老传说中出现的芝麻蝇[2]；或是邂逅寻找父母下落的女香客，听她诉说自己的悲惨身世，然后动情地安慰她。可真正

① 平景清，又称藤原景清，日本幕府时期平家的武者大将，通称上总七郎、兵卫尉，被源氏称为“恶七兵卫”。

② 芝麻蝇：江户时代扮成游人偷盗游客钱财的盗贼。

一上路才知道根本就没有自己所想的那种传奇故事。我时不时碰见出来散步的结核病病人，他们的眼神不好。即便有时能碰见香客，也都是六十多岁的老婆婆。总之，尽是些让人毫无兴致的事情。有时经过像歌川广重[①] 的横幅画里一样有一排排松树的小路，坐在路边破烂的茶摊上，看见摆出来的牛奶糖落满灰尘，那种一定要穿过五十三个驿站的豪情壮志顷刻间烟消云散，我感到失望至极。不过，到了晚上，我会刻意挑选那种肮脏的旅馆，住在狭小、臭烘烘的房间里才能深切体会到旅途的寂寥。只有这种旅途的寂寥，才让我感到这次旅行的意义。

我就不说途中那些无聊的事情了。第三天，我进入了美浓国。本来我打算去拜访著名的古战场S原，可迷了路，被困在毫无人烟的山里。可我觉得迷路是冥冥之中的一种安排，是步入我梦寐以求的梦幻世界的第一步。或许我还会被人们常说的狐狸精迷住呢。想到这里，我冒险的心理油然而生。我心里一点儿也不害怕，反倒很兴奋。我决定就这么走下去，能走到哪儿就算哪儿，就是晚上睡在树下也没关系。于是，我沿着毫无人迹的小路不停地往前走。

可是，午后，天空阴下来，到傍晚时分看起来像要下雪。不一会儿工夫，白茫茫地飘起雪花来。我这时害怕起来，想要赶紧找一个水车小屋之类的地方躲一躲。不顾饥饿和疲劳，我摸黑一口气爬上了一座相当高的山。抬眼一看，山下不远处有灯光。我一下子打起精神，下山朝那个村子走去。那时地上的积雪已经相当厚了，周围一个人也没有，远处传来流水的声音，让人感觉仿佛进入了另外一个世界。虽然我提前也做了御寒的准备，可那时寒风肆虐，就算

① 歌川广重（1797—1858），日本江户晚期的浮世绘画师。

是在人家屋檐下露宿一晚也会受不了的。于是，我鼓足勇气，打算无论如何也要在别人家里留宿一晚。

不久，我就到了村口，借着窗口透出的灯光，知道最靠边的一家是一座寺庙。我像发现了救命稻草一样心中窃喜，随后进了没有门的院子。这时，突然不知从哪儿传来了人声，我停住脚步仔细倾听。原来是一个女人的声音，正在唱摇篮曲。

小乖乖睡觉觉呀，
轻轻摇呀。
小乖乖的保护神去了哪里呀？
去了山那边的村子呀。
买来了村里的什么特产呀？
咚咚打鼓吹笛子呀。
……

我被那美丽清脆的曲调吸引，静静地站在原地仔细聆听。那摇篮曲又被反复唱了三遍。最后一个音节随风飘走以后，我才突然回过神来。环顾四周，发现一个人影也没有，左手尽头，模模糊糊地只能看见一个石塔的影子。这让喜欢冒险刺激的我感到一丝异样的恐惧，赶紧朝住人的房子奔去，嘭嘭地敲起门来。

门里传来了应答声。不一会儿门开了，出来一个五十岁上下的和尚，看样子像是这座寺庙的住持。和尚借着挂在门框上油灯的灯光，吃惊地上下打量我。我简单地把情况说了一遍，并请他让我留宿一晚。听了我的话，和尚笑着说:“你的情况可真是麻烦呀！快请进来吧！”说着便把我热情地招呼进屋。

“请这边来。幸好里面的屋子还生着火呢。”和尚说着，举着油灯把我领进了房间。

六榻榻米大的房间里，火盆里的火燃烧得正旺，暖和得几乎让人感到窒息。房间一角放着书桌和书柜，书桌上一本日文书打开着。和尚把油灯放在书桌上，从衣橱里取出被褥给我。

“我想给你弄点儿饭吃，可雇来做饭的老婆婆晚上回她村里的家了，我又什么都不会做。幸亏我这儿还有别人送来的蛋糕，就请你将就一下吧。不过，我可以给你冲一壶热茶。”

说完，和尚提起咕噜咕噜作响的烧水壶，把滚烫的热水倒入茶碗，然后打开桌旁的蛋糕盒，请我吃蛋糕。我没有客气，接住就吃起来了。

接下来我们聊了很多事。和尚是个性格开朗的人，他对我的学校生活和京都的事情很感兴趣，可能这些话题是在深山里过着单调生活的人很难听到的吧。

聊了一些闲话，我的身体慢慢暖和过来。这时我突然想起刚才在院子里听到的摇篮曲。

“寺庙里是不是有时会有孩子呀？”我径直问道。

和尚刚开始好像没听懂我这句话的意思，停了一会儿才微笑着说：“这座禅寺里只住着我一个人。你为什么会问这样的问题呢？”

听他这么一说，我不禁全身都起了鸡皮疙瘩。

“是吗？可是刚才我进院子时明明听到这儿附近有人在唱摇篮曲啊！”

听我这么一说，和尚突然变了脸色。

“欸？是真的吗？”和尚探近火盆，确认似的问道。

“没错，我清清楚楚地听到了摇篮曲，而且把歌词全都记下来了。‘小乖乖睡觉觉呀，轻轻摇呀。——’”

“我知道是怎么回事了！”和尚一下子打断我的话，“晚上太黑，你可能没看清楚寺庙左手边是一片墓地，你听到的摇篮曲就是从那边墓地下面传出来的。”

“啊？！”我大吃一惊，身子不由得晃了一下。

“嗯，也难怪你吃惊呢！说起幽灵和妖怪，现在的人没一个会相信。可这个世界上真的存在用道理难以解释的怪异现象。三年前，我这儿埋葬了一个疯女人和她的婴儿，还有一条她珍爱的狗。一到晚上，她的墓地里就会传出唱摇篮曲的声音，但这歌声并非什么时候都能听到。总之，大家都认为，这个疯女人的灵魂和她生前一样，一直在这儿附近徘徊。”

听他这么一说，我感觉就像被当头泼了一盆冷水，全身发凉。猛然抬头看到对面壁龛里挂着的达摩像，可能是我的心理作用吧，我竟然觉得达摩那双大眼睛突然对我眨了一下。不过，我心里的恐惧还是很快就消失了，取而代之的是强烈的好奇。

“要是您愿意的话，我倒很想听听这个疯女人的故事，可以吗？”

说完，我盯着和尚的脸，看他怎样回答。

“年轻人的兴趣可能比较浓吧，那好，我给你讲一讲这个故事。”

说完，和尚把壁龛前的炭筐拉过来，往火盆里加了点儿炭。窗外的风声越来越大，雪打窗户的声音不绝于耳。

一旦要真正说起来，我还真不知道该从何说起好呢。对！应该先从这个疯女人的身世说起。

这个疯女人的名字叫阿蝶，她并不是天生的疯子，而是在她爹死后遭遇了悲惨的命运才发疯的，她死时才二十岁。阿蝶是乡下少见的漂亮姑娘，可她的身上流淌着可怕的血液，简单说，她有麻风病血统。据说，患有麻风病的女人长得都很漂亮。阿蝶长相出众，或许也是这个原因吧。阿蝶十八岁之前一直和她爹一起生活。她爹因麻风病，长期不能下床，村里人谁也不愿意接近他们父女俩。她爹好像是九州一带武士家族的遗老，距今十年前，因患麻风病，为避人耳目，来到这个深山里，在离村很远的地方住了下来。因为他相当有钱，和女儿一直生活得衣食无忧。可不到两年，阿蝶爹的腿脚慢慢站立不起来了，最终他瘫痪了。之后的四年间，他只能在阿蝶的细心照料下生活。村里人完全不和他们交往，可想而知他们的生活是多么寂寞啊！我不害怕麻风病，时不时还会去看看他们，可这还是引起了村里人的不快。因为我这座寺院是靠村里人的布施盖起来的，自然和他们一样，我也应当回避。阿蝶家里还有一条名叫小白的大狗，这条狗非常聪明，是他们父女最好的朋友。尽管阿蝶对她爹的照料一直都很细心，可她爹还是在四年前去世了。阿蝶悲痛异常，好像从那时起，她的精神就开始有点儿异常。不过，当时她的异常极其轻微，我去她家时根本看不出来她有哪些地方不正常。可村里人依然不愿接近她，她可能因此才疯的。在阿蝶爹死后，我曾劝阿蝶去别的地方，可她很顽固，就是要住在这个地方。她这执拗劲儿恐怕也是她发疯的一种表现吧！最终阿蝶和小白开始相依为命。

要是一直这样也就罢了，此时却有一个天大的灾难降临到阿蝶身上。是什么事呢？原来，阿蝶爹死后不到两个月，在相当于这个村子鬼门的一座山上，不知从哪儿搬来了五个恶棍。那座山，你刚才应该经过了。他们在那座山上搭了一个小茅草屋，住了下来。这五个恶棍，听说来自飞国的深山，就是从前所说的山贼。他们一到晚上就跑到村里偷菜、抢鸡，为所欲为。后来，他们白天也在村里成群结队，横行霸道，强伐树木，欺负小孩儿。谁只要稍微反抗，马上就会遭殃，所以村里人都假装看不见他们。你可能难以想象，在明治时代竟然还有人敢这样明目张胆地做这种事！对他们这些人，警察也没办法。毕竟暴力行为到了一定程度，警察才可以出面镇压。

终于，这五个恶棍盯上了可怜的阿蝶。哎呀，想起来都害怕。阿蝶就像被恶鹰盯上的麻雀一样。他们潜入阿蝶家，轮奸了阿蝶，之后一直把阿蝶家当作他们的据点，让阿蝶像小妾一样伺候他们。村里人虽然非常同情阿蝶，但也无能为力。阿蝶和小白肯定每天都是在悲惨中度过吧。她柔弱的身体和屈辱的内心肯定时刻准备着报仇。小白虽说是一个畜生，但它非常聪明，当时肯定明白阿蝶的心情吧。因此后来阿蝶在小白的帮助下终于报了仇。

话说不久，阿蝶怀孕了。她怀上了恶棍的孩子。命运到底还要捉弄阿蝶到什么时候才肯罢休啊！在怀孕的同时，阿蝶的精神异常越来越明显了。我是后来从医生那儿听说的。据说，人一怀孕就会经常出现一些奇怪的嗜吃现象，对平时尝都不尝的东西，突然爱吃起来。阿蝶好像嗜吃很厉害。她喜欢吃土，吃烟灰，也吃青虫，有时甚至捉来蛇剁了吃。在给恶棍们做饭时，她也经常把青虫放进去，或给菜上涂上蛇血。最后那五个恶棍受不了了，逃出了阿蝶家，回到了以前的茅草屋中。只有小白依然忠实地跟着自己的主人。

那时，阿蝶的家里已经变得一贫如洗了，就连当天吃什么都犯愁。小白常常从村里的饮酒屋等地讨来肉片，叼回去让阿蝶吃。村里人很同情阿蝶，也经常把蔬菜和米袋放在小白嘴边，小白就会忠诚地把这些东西叼到阿蝶手边。

可那冷酷无情的五个恶棍，就连小白嘴里叼的东西也不放过。他们残暴的行为到底要持续多久啊！

刚开始，小白还会反抗，后来因为害怕被棒子打，只要被他们看见，它就赶紧把嘴里叼的东西交给他们，然后逃走。虽然是条狗，但它心里肯定觉得很遗憾吧。它只是暂时不抵抗而已。其实，这个世界上啊，只怕有些狗比人还要聪明呢。和别的狗不同，小白从不吠叫，可能它是想彻底执行不抵抗主义吧！人类中的不抵抗主义者都喜欢诉说、抱怨，仅仅就这一点而言，狗无疑要比人类出色些。

闲话少说。不久，阿蝶就生了孩子，是一个可爱的男孩儿。村里人知道后，在替她高兴的同时，也都暗地里为她悲伤。父亲是五个恶棍之一，母亲又是麻风病人，这孩子的命运真是凄惨啊！

而且——雪上加霜的是，生完孩子，阿蝶的精神异常变得更加明显了。

生完孩子不到三天，阿蝶就抱着哇哇大哭的婴儿，披散着头发光着脚在山间原野上疯跑。她睁着像黑水晶一样美丽的大眼睛，一边诅咒着天那一边的人，一边唱着你刚才听到的摇篮曲，漫无目的地游荡。

“去了山那边的村子了呀……”

那朗朗的歌声在山间回荡，村里人听得无不潸然泪下。小白有时跟着她，但为了寻找两个人的食物，它一直到处奔跑。阿蝶见了人，已经分不清楚谁是谁了。我靠近她，她只是对我傻笑，好像已经不认识我了。但可能是出于本能吧，她不会忘了给孩子喂奶。她是在三月底分娩的，虽说当时山里还有点儿冷，但原野上蒲公英花已经开放，她经常摘蒲公英花逗自己的孩子玩。

阿蝶发疯的程度越深，她对五个恶棍的仇恨也就表现得越来越明显。腼腆的她，之前一直把怨恨深深地埋藏在心里，可能是发疯之后自制力减弱的原因吧，她对五个恶棍的复仇心理以不可阻挡之势表现了出来。当然，那个时候，她已经分不清楚那五个恶棍了，但那刻骨铭心的复仇念头非常强烈，只要她还活着，甚至就算死去，也不会被轻易忘记。

村里人路过她家门口时，她总是对小白说："小白，快去咬仇人！"

她就像对小白施催眠术一般，一直盯着小白。于是，小白好像听懂了她的话一样，张着嘴吐着舌头，两只前腿前伸，摇着尾巴，就像人点头表示明白了一样。不知道小白知不知道她发疯了，但它的确是一条很有智慧的狗。阿蝶偶尔放下孩子，外出时，如果孩子哭闹的话，小白就会跑到孩子旁边，一边摇着尾巴，一边装模作样逗孩子玩。或许，它很清楚主人为何发疯吧。实际上，我后面还会告诉你，小白成功地给阿蝶报了仇。我前面也说过，小白自己也被那五个恶棍欺负得很惨，一有机会，它自己可能也想报仇吧。总之，小白抓住了这次机会。当然，小白不能像人一样说话，无法知道它真实的想法，但至少从结果来看，这五个恶棍被小白整死了。

我经常从古书中读到很多关于聪明的狗的故事。例如我读过为了疼爱自己的主人而殉难的狗、代替主人去死的狗、帮助主人救急的狗等故事，我想，小白也属于这种很聪明的狗。我每次看到小白，都会联想到圣贤之人。人们说大智若愚，小白看起来就有点儿木讷。听说，古希腊有一个叫什么的哲学家，一直生活在桶里。对！叫第欧根尼。每次我看到小白时就会想起他。小白看起来像在打盹儿，其实不然，它是在动脑筋呢。它开动脑筋，终于用可怕的方式向五个恶棍报了仇。

那是四月初的事。当时，五个恶棍在山上砍伐树木。他们大声聊着，大声唱着。这五个暴君都哼着歌，个个扬扬得意。光听到那歌声就感到恐怖不已。所以他们在山上砍伐木头的时候，村里人都故意绕开走，避免碰见他们。因此那天山脚下的大路上几乎看不到一个人影。

不久，一个中年伙计骑着自行车经过那里。虽说是山路，但不太陡，完全是可以骑自行车的。这个伙计是马肉店的雇员，他经常从二里外的镇上给村里的饮酒屋送马肉。他也深知那五个恶棍的厉害，可因为骑自行车无法走小路，再加上他觉得跑得再快的恶棍是追不上自行车的，所以就冒险走这条路了。他经常在自行车的后座上绑上筐子，筐子里装着马肉。

那时天快黑了。恶棍们早已发现从对面过来的送肉伙计了。他们纷纷跳了出来，挡住了去路，一齐举着双手朝那个伙计冲了过去。那个伙计大吃一惊，不过他身手敏捷，轻轻地从自行车上跳下来后马上掉转车头，再次跳上车，沿着刚才来的路又逃了回去。

“把马肉给我拿过来！”

“放下马肉！”

五个恶棍不停叫嚣着，在那个伙计的身后追着。他们当然追不上骑自行车的伙计了。很快，五个人面面相觑，苦笑着坐在路边，惋惜地看着远去的马肉店伙计的身影。

马肉店伙计的身影慢慢消失在暮霭之中。五个人嘴里嘟囔着，正要起身的时候，突然看见从马肉店伙计消失的暮霭中跑过来一个白色的东西。临近一看，原来是阿蝶家的小白嘴里叼着一大块肉跑了过来。五个恶棍认为，在马肉店的伙计匆忙逃跑时，有块马肉从筐子中掉了出来，被小白叼了过来。他们正要捉小白时，小白却和原来一样，发挥不抵抗主义精神，好像在说“我就把好不容易得来的猎物痛痛快快送给你们吧”，之后把肉块放在路边，转身跑走了。

得到意外的收获，五个恶棍大喜过望，决定马上煮了吃，好好喝一杯。于是他们把肉块拿回他们的小屋了。

接下来的事，我并没有看到，只是综合后来知道的事实推测出来的。接着，在五个恶棍的小屋中，快乐的酒宴就开始了。在微弱的灯光照射下，他们一个个面目狰狞，活像地狱里的鬼一样贪婪地觊觎着桌上的酒肉。

第二天，恐怕是这个村子从未有过的最恐怖的一幕被一名樵夫发现了。在半山腰的小屋里，五个恶棍的尸体横卧一地，炉子上面还放着锅，酒杯和酒壶七倒八歪，一片狼藉。

说到这儿，和尚停下来，喝了一口茶。窗外暴风雪肆虐的声音越来越大。我急切地想知道接下来的结果。

“为什么五个人死了呢？”我喘息着问道。

“樵夫最初发现时，因看到周围一片杂乱，认为是五个人发生口角，互相殴打致死的。可是四周并无血迹，只是席子上面到处都是呕吐物，这才认为是食物中毒。果然，据后来验尸的医生说，五个人是食物中毒致死。”

“那么，是不是因为吃了小白叼来的马肉中毒了呢？”

“正是。不过，小白叼来的并不是马肉。后来，听马肉店伙计说，他被五个恶棍追赶，匆忙逃跑时好像碰见小白嘴里叼着什么东西从自己面前经过。从事情的前后经过来考虑，五个恶棍肯定认为小白叼来的一定是马肉，所以他们想都没想就把那块肉给煮了。其实他们吃的不是马肉，而是让人大感意外的东西。”

“那是什么呢？”

“医生检查了盘子里的剩肉，断定是胎盘。”

“胎盘？”我都不相信自己的耳朵了。

“是的。”

我感到毛骨悚然，盯着和尚的脸，说不出话来。

“那么，那是阿蝶身体里的胎盘吗？”我感到有点儿恶心，不过还是忍不住问道。

“那就不清楚了。小白不会说话，阿蝶又疯了。不过，根据医生的鉴定，那个胎盘虽然看起来比较新，可是里面已经腐烂。因为腐烂而产生的病毒，让这五个恶棍痛苦得翻腾，最后丢了性命。而那个时候，村子里并没有人生孩子，所以可以推测那极有可能就是阿蝶的胎盘。”

听了他的话，我非常受震撼。尽管那五个人是恶棍，但想象着他们极其痛苦地死去那一幕，还是感到非同寻常。

和尚继续说道：

听说这事情以后，村里人都说发疯的女人和小白终于报仇了。可到底是小白为了报仇有意那么做，还是阿蝶让小白叼着胎盘去的呢？或者是纯属偶然呢？谁都不知道。不过，五个恶棍死了以后，阿蝶就不再说“小白，快去咬仇人”这句话了。不过，她还是抱着孩子一边唱着摇篮曲，一边在原野上疯跑。一年以来一直困扰这个村子的恶魔终于被除掉了。为了表示感谢，让小白给阿蝶送食物的村里人越来越多了。

然而，悲惨的命运还是不肯放过这个可怜的人。五个恶棍死后不到一个月，阿蝶家竟突然起火，把阿蝶、孩子和小白都烧死了。人们流着眼泪把三具尸体埋葬在这座寺庙的墓地里。直到现在，从墓地里还时不时传出阿蝶唱摇篮曲的歌声……

那天晚上，听了这个悲惨的故事，我一直想着阿蝶的遭遇，一晚上都没睡着。有了这个故事，我才觉得这次旅行没有白费。

あんしじゅつ

安乐死术

自己主张安乐死术十年了，此刻却要让自己的儿子遭受痛苦的折磨吗？无论如何，我十年来一直坚持实施安乐死术的主张在那一瞬间彻底土崩瓦解了。……

『义夫，你能听见吗？』我凑到他眼前，轻声问道。

看到他轻轻点了点头，我的眼泪止不住吧嗒吧嗒地掉下来。接着，义夫的嘴慢慢动了起来，好像有什么话要对我说。

这个时候，妻子突然伸出右手，用力捂住义夫的嘴和鼻子，好像要让他窒息一样……

正式讲这个故事前，我想先说一下什么是安乐死。其实，“安乐死”的意思并不难，就是它的字面含义——平静的死亡方法。它是从英语 Euthanasia 翻译过来的。所谓“平静的死亡方法”，不用说，就是让身患绝症的病人在濒临死亡时免受无尽的痛苦，利用注射药物或其他方法，尽量减少病人的痛苦，让病人在安乐中死去。据说，这种方法竟然在古罗马帝国时代就已经非常盛行了，托马斯·莫尔在《乌托邦》中就描述过安乐死的实例。我不知道日本自古以来有没有人探讨过安乐死，但被迫施行安乐死的医生肯定不在少数。

我从 T 医科大学毕业后的两年间，一直在内科教研室 B 老师的指导下进修。之后，我回到家乡美浓深山的 H 村，在那里开了家诊所。朋友们都劝我在东京行医，可我压根儿就不喜欢城市的氛围，最终选择了悠闲的山村生活。在这个偏僻的小山村，有学问的人很少，所以我诊所的生意十分兴隆，就连十里外的病人都会专门赶来看病。

我每天骑着马，往往要走两三里地去给病人看病。

在内科教研室实习期间，我亲眼见到了许多临终前的病人，由此开始认真考虑安乐死的事情。我常常想，在身患绝症的病人临死之际，通过注射樟脑液等强心剂，让病人逐渐衰弱的心脏勉强兴奋起来，无端延长患者的痛苦，果真是恰当的做法吗？在癌症患者临终之际，给他服用大量的吗啡，完全消除他的痛苦，让他平静得像入睡一样死去，这对患者来说可是功德无量的事情呀！其实，急性腹膜炎患者的痛苦是惨不忍睹的。看着病人在床上翻来覆去呻吟、挣扎的样子，要是不狠下心来的话，你是绝对做不出给他注射强心剂这一决定的。又如，患上脑膜炎，病人会意识全无，只能感觉到剧烈的疼痛，生还的可能性微乎其微，所以让病人早点儿安详地死去也是符合人道主义精神的。

我想，人之所以害怕死亡，最主要的原因是畏惧临死前的痛苦，即所谓的“临死之苦”吧。如果没有临死前那种无法诉说的痛苦，人们就不会那么畏惧死亡了。很多老人都会反复说想得脑出血之类的病猝然死去。人越临近死亡，当然就越容易想到与死有关的事情，考虑到死亡的时候，老人们肯定都是愿意安详地死去的。据说，罗马的奥古斯都大帝在临死前也大叫过“让我安乐死！让我安乐死”，如果换作我自己，得了不治之症，在临终前剧烈的疼痛来临之时，我肯定也会选择安乐死这种方式来逃避那种疼痛。很多情况下，其实是病人的家属实在不忍心看着病人那么痛苦，他们会请求医生：既然已经无法治愈了，还不如让病人少受病痛的折磨，早点儿安详地死去。有时也会有病人亲自恳求医生让自己早点儿死去。以前这些例子是很常见的。

可是现在的医生根据法律，不会随便让病人在任何情况下死去。

也就是说，如果医生故意施行安乐死术的话，是要受到相当严厉的惩罚的。所以，任何一位医生，在明知只会徒增病人痛苦的情况下，也只能尝试用注射樟脑液等药物的方法，尽量延长病人十分钟、二十分钟毫无意义的生命。所以，可以说，按照“临终前要注射樟脑液”这一无意识的惯例，不顾患者的痛苦，是现今医生们的一大通病。不过，这不是医生的问题，而是法律存在问题。当然，有的病人因注射樟脑液而奇迹般活了下来，因此可能有人会反驳我说，尝试为绝望的病人注射樟脑液的做法难道不是医生的职责吗？可我认为，要不要注射樟脑液，要根据病人所患的疾病来决定。对急性肺炎患者使用樟脑液会有奇效，可对恶性肿瘤患者来说，就不会有奇迹出现。而且患恶性肿瘤的病人会伴有剧烈的疼痛，如果你亲眼看到病人那种疼痛难忍的样子，你无论如何都不会无动于衷。据说，在欧美各国，因人们不忍看到用于医学研究实验的动物遭受巨大的痛苦，出现了所谓的反对生体解剖运动。特别是在英国，除非获得许可，一般对动物施行手术时必须在麻醉状态下进行。就连动物的苦痛都会引起人们的注意，人的苦痛当然就更需要医生注意了。既然消除病人的苦痛是医学的目的之一，我认为医生就应该通过研究分析酌情实施安乐死术。

不过，我在内科教研室进修期间，一次也没给病人实施过安乐死术。这是因为，要是违背法律实施安乐死术而被发现的话，我个人倒无所谓，关键是会牵连以 B 老师为首的全体教研室的同事们。因此，尽管我内心并不愿意那么做，可还是和其他医生一样狠下心来让患者承受无意义的痛苦。这样的事情越多，我内心就越想尽快离开这个都市，以便按照自己的良心自由地行医。况且，我的母亲还一个人在家乡孤独地等着我回去，所以两年的进修时间让我觉得非常漫长。

我终于回到了深山里的故乡。诊所一开张，我就偷偷地给很多病人尝试实施了安乐死术。几乎所有的病人死之前都非常痛苦，可当我给他们注射了大量的吗啡，不一会儿，他们就会沉沉地睡去，就这样完成了所谓的大往生这一心愿。当然，我会事先告诉病人家属，病人的病已经无法医治，我会尽量减少病人的痛苦，采用合理的方法不让病人多受一分钟折磨。征得病人家属同意后，我才会给病人注射吗啡。看到病人神情安详地在睡眠中死去，病人家属都会说，病人临终前很轻松，这是对病人的最大安慰。

说来也很奇怪，这样的事多了以后，大家对我的评价都是："那位医生真的能让人轻松往生！"而我的诊所也随之热闹起来。西方有句谚语说"庸医杀死人，良医医人死"，的确如此。我现在深深体会到，让病人在安详中死去的医生也会成为名医。这真是一个奇怪的现象，本来医活病人的医生才是名医，现在让病人死去的我反倒也成了名医，这让我有些不好意思。同时这也让我觉得人的心理可真是难以捉摸！

有了这种评价，为了不让患者遭受病痛的折磨，我更加频繁地实施安乐死术。不过，给病人实施安乐死术这件事，我对自己的家人还是严格保密的。就这样平安度过了九年时光，直到有一天，因为一件事，不仅彻底否定了我主张的安乐死术，还让我完全放弃了从医这一职业。

你说什么？你是不是说，因为我实施安乐死术被发现了？不，不是的！你就慢慢听我从头说吧。

要说这件事，首先必须从我的家庭说起。我在乡下开业行医的同时，与同村一个远房亲戚家的一个姑娘结了婚，并在第二年有了一个名叫义夫的男孩儿。但不幸的是，生下义夫一年后，我的这位妻子就因伤寒去世了。什么？你问我那时给我妻子实施过安乐死术没有？没有！因为我妻子患的伤寒特别严重，她在意识不清的情况下毫无痛苦地死去了。

妻子去世后，我的母亲一直替我照顾义夫，我也就一直没有再成家。直到义夫七岁那一年，我的母亲因脑出血去世了。此后不久，我因为一个人带着孩子很不方便，于是在别人的劝说下与家乡附近O市的一个女人结了婚。

在这儿夸奖自己的儿子有点儿不太好意思，但我儿子义夫的确非常聪明伶俐。当时我还担心，在后母的照料下，他的心理会不会产生阴影。好在我的第二任妻子很心疼义夫，义夫也像对待亲生母亲一样敬爱她。大概有一年的时间，我们每一天都生活得快乐、平静。家里除了我们三个人，还住着一名护士、一个女佣，还有一个马夫，他们全都是性情和善之人。所以我们家很幸福，每天都充满着明媚的阳光。

可这个和睦的家庭突然间遭遇了一场暴风雨的袭击。要说原因的话，那就是我第二任妻子的性格突然间发生了巨大的变化。首先，她的嫉妒心越来越重。看到我和女护士或女佣说话时间稍微长一点儿，她就直接冲我和那两个女人发脾气。

接着，她对义夫也越来越刻薄。只要义夫有一点儿过失，她便对他大发雷霆。我原以为这只是因为妊娠反应而暂时出现的心理变化，过一段时间她就会平静下来，所以一直尽量忍受着。可她歇斯底里的举动日渐增多，到最后，她甚至冲着义夫大喊：“像你这种顽皮的孩子，给我去死吧！”

尽管这样，义夫依然顺从她，讨她的欢心。旁人看了都会心疼不已。女佣和马夫如果同情义夫，在旁边护着他的话，反而会让妻子更为恼火。

不久，她便开始因小事而扔东西砸义夫了。我很心疼义夫，可想来想去，觉得只要忍受到她分娩就会没事的，所以还悄悄对义夫解释说："不论妈妈再怎么说你，你都一定要对她道歉，说：'请饶了我。'"义夫认真地遵从我的嘱咐。孩子内心是多么痛苦啊！幸好那时义夫开始上小学了，有了和后母分开的时间，这对义夫来说真的算是一件好事。

义夫的学校位于离我家五町[①] 远的地方。因为途中有一道十丈[②]深的悬崖，所以义夫上学的第一个月，我让女佣阿清每天去接送他。之后的日子里，他便开始一个人上学了。每天傍晚，我出诊回来，听到马蹄声，义夫便会兴高采烈地到门口迎接我。每次看到义夫那天真无邪的笑脸，再想想妻子对他的冷漠无情，我心里就难过得不得了。

那件事发生那一天，是梅雨季节一个阴沉沉的日子。就像石川啄木的诗句"望着那昏沉沉的、阴暗的天空，我似乎想要杀人了"所说的一样，那天让人心情沉重；笼罩山顶的厚厚乌云，就像恶魔吐出的毒气一样，空气里到处都弥漫着令人毛骨悚然的气味。那天我依旧到很远的地方出诊，直到下午五点才满身疲惫地回来。可令我纳闷儿的是，那天并没有看到义夫到门口迎接我。因为马夫前一天回老家探望生病的母亲，不在我身边，所以我自己到马厩拴好马。刚走进家门，我就看见妻子从里面冲了出来，气呼呼

---

① 町，日本使用的度量单位：作为长度单位，一町约合 109 米；作为面积单位，1 町约合 9917 平方米。

② 一丈约合 3.33 米。

地说："你看看，义夫这家伙顽皮不顽皮，光顾着玩儿，直到现在也不回家！"

"怎么回事啊？是不是学校里有什么事呀？"

明知学校不可能有什么事，可为了不让妻子发火，我站在门口轻轻地这样说。

"哪可能呀？恐怕是不愿意看见我，故意晚回家吧？"

我知道义夫几乎不会出去玩儿。听了她的话，我心里开始有一种说不出的不安。为了不让妻子生气，我说道："让阿清她们去附近找找吧。"

"阿清和加藤有事出去了，不在家！"妻子冷冷地答道。

加藤就是那个女护士的名字。

这时门口传来了喧哗声，我马上就有了一种不祥的预感。在吃惊的同时，我不由得抬头看了妻子一眼，她也正两眼冒火似的盯着我。

"大夫，您儿子……"

我刚冲出门，村里的男人便对我叫道。

穿着校服的义夫满身泥巴，被四五个人用门板上抬了过来。

"您儿子掉到悬崖下面去了，真可怜！好像还有气息呢，您赶紧抢救吧！"

之后我采取了什么行动，直到现在我仍然想不起来。总之，几分钟后，义夫被仰面放在诊室一角的床上，我和妻子站在床头检查他的伤口。

村里人回去以后，四周一片森然。嘀嗒嘀嗒的钟声在室内回荡，让人心生一种撕心裂肺般的感觉。看起来义夫是脸朝下掉下悬崖时碰到了岩石，他右胸前部的肋骨断了三四根，两个手掌大小的伤口周围血肉模糊。他紧闭着双眼，呼吸极其微弱，虽然用手几乎感觉不到他的脉搏，但用听诊器一听，他的心脏依然在微弱地跳动着。

我僵硬地站了起来，把放在玻璃小圆桌上的强心剂也就是樟脑液药瓶和注射器拿了起来。

“你要干什么？你难道要让义夫受罪吗？”妻子想要阻拦我，用颤抖的声音说。

或许那时我有过片刻的踌躇，又或许我的心里在想，自己主张安乐死术十年了，此刻却要让自己的儿子遭受痛苦的折磨吗？无论如何，我十年来一直坚持实施安乐死术的主张在那一瞬间彻底土崩瓦解了。人除了有理性的行为，还会有条件反射般的下意识行为。那一刻，那种本能的条件反射容不得我去理性地考虑问题。

我推开妻子，给义夫打了三针。妻子站在旁边，好像一直想要说什么，可我一点儿也听不进去。眼看着义夫的嘴唇由酱紫色变成了鲜红色。我心中暗叫：“太好了！”注射了第四针后，义夫一下子睁开了双眼。

“义夫，你能听见吗？”我凑到他眼前，轻声问道。

看到他轻轻点了点头，我的眼泪止不住吧嗒吧嗒地掉下来。接着，义夫的嘴慢慢动了起来，好像有什么话要对我说。

这个时候，妻子突然伸出右手，用力捂住义夫的嘴和鼻子，好像要让他窒息一样。

“你想干什么？”

我使出浑身的力气，抓住妻子的肩膀一下就把她推开了。妻子一下子跌坐在地上，撞翻了玻璃小圆桌。玻璃破碎的巨大声响，把义夫吓了一跳。他嘴里开始轻轻地说着什么。我排除一切杂念，集中精神，紧紧地盯着他的嘴唇。

“……妈妈……请原谅我……被您推下悬崖的时候……我马上

死掉就好了……”

我感觉脑袋轰的一声，就像被雷击中了一样。接着，我眼前一黑，昏了过去。之后，我隐隐约约看见了义夫临死前嘴里吐出的血泡，也隐隐约约听到妻子在身后发疯地叫道：“啊哈哈，你不是说不能用强心剂吗？……啊哈哈！”

复仇的婴孩

那时天还没有全亮，暴风雨小了一些。信之看上去已醒了酒，他抬起头，满脸狐疑地打量着周围。突然他感觉自己的手好像碰到了什么冰凉的东西，一看，心里不由得咯噔一下。……理应躺在信之身边的阿泽，不知何时变成了一个不足一尺的女婴尸骸。这个女婴像在沸水里烫过一样全身黑紫，这真的是幽灵来报仇了！

『嘿嘿！呵呵！哈哈哈！』

信之突然令人毛骨悚然地笑了，继而抱着这个女婴的尸骸在房子里一圈一圈地跑了起来。……

秋意正浓的十一月下旬的一个晚上，某楼二层正在举行“怪谈会”例会，共十人参加，其中，男、女会员各五人。为了模仿百物语[①]，怪谈会由一百这个数字的十分之一即十个人每月举行一次例会。

今晚，F 氏拿来了他最近到手的柳丝堂《拾遗御伽婢子》原本，兴致勃勃地从半截子读起。其中一篇名叫《逢怪邪淫戒》，非常精彩。

故事中，一个名叫喜平次的男人行走在荒郊野外，夜幕降临时依稀感觉前方有人家的灯影晃动，便朝那灯影走了过去。他到跟前一看，原来这家只有一个年轻貌美的女人。好色的喜平次不由得窃喜，厚着脸皮上前搭讪，希望留宿。哪知这个女人竟爽快答应了。夜间，两人都做了个怪梦。喜平次忽然惊醒，看见睡在身边的不是什么美人，而是面目狰狞的怪兽。他惊叫一声，随即逃了出来。那怪兽紧追不舍。

① 夜晚数人轮流讲鬼故事过夜的日本民间游戏。

渐渐地，他摆脱了怪兽的追赶，来到一个村落。从一户人家中传出饮酒的喧闹声，喜平次稍稍放下心来，他打算进去躲一躲。他探头探脑往里面窥视，没想到里面竟然是妖怪们在聚会。妖怪们一看见他，就叫嚣着说美味大餐出现了，便一齐冲了出来。喜平次吓得又狂奔起来，所幸这次又没被追上。他喘了口气，发现眼前又是一个村子。他走进村子，听见鸡叫声，心想“太好了”，不由得加快脚步。这时，突然从路旁的树林里蹿出一个面目狰狞的白发老太婆，嘴里喊叫着扑向他。他哼了一声，当场就晕了过去。

其实，作为鬼怪故事，这篇并没什么独特之处。然而，这个故事的前半部分确实引起了会员们的极大兴趣。他们开始讨论这样的话题：不论男人和女人，当他们从睡眠中睁开眼睛，突然看到与自己同床共眠的人变成狰狞的鬼怪时，到底会是什么心情？不过，因为他们都没有亲身经历过，只能凭想象发表自己的看法。

“我怕是会和喜平次一样狂奔而逃吧！”报社记者 H 氏说。

“我呢，说出来有点儿难为情，我可能会吓得瘫软在地！”浮世绘研究专家 B 女士接着说。

“我会紧紧咬住他的！”三弦琴演奏家 S 女士激动地说。

“你的胆子可真大啊！”四十岁左右的医生 M 氏附和道，“不过，我想，绝大多数男性都会吓晕过去吧。”

“不会吧？”S 女士颇感吃惊，“你们男士的胆子都那么小吗？”她语带讥讽地问道。

“说男人都会吓趴下有点儿过头！”H 氏也表示反对。

“这是因为，”M 医生表情严肃地解释道，“你们两人都没有考虑这种事情发生的前因后果。其实，不论鬼怪也好，幽灵也罢，都是在内心恐惧或内疚时出现的东西。怀有这种心态的人，眼前突然出现刚才所说的这种现象，肯定会当场吓晕过去的！有时岂止是吓晕过去，甚至会发疯！”

“不过，你说这会让人发疯，我觉得有些夸张！”B女士反驳。

“不，这是真的！”

“这么说，M医生是知道什么真实的故事喽？”S女士接着问。

“我当然知道了！”

M医生点燃一支烟，意味深长地笑着回答。

于是会员们一齐催促M医生快点儿讲出来。

M医生啜了一口茶，说道：“那么，我就给大家讲讲吧！”

大家都知道，医生这个职业看起来很自由，其实是相当受约束的。尽管从事任何职业都有困难和烦恼，可医生除了这些职业上的困难和烦恼，还要受医师法、刑法等烦琐的法律条文约束。

我这样说，大家可能觉得我是否违法，做了很多坏事。其实我绝对没有做任何违法犯罪的事。我之所以烦恼，是因为刑法条文的内容与人道难以相容。这种事情看似不会存在，其实有时会发生。为了让大家都明白，下面我就讲一个实例。这与今晚鬼怪故事的主题正好吻合。

我作为性病专科医生，在开诊后的第二年结婚了。那年我二十五岁，妻子二十一岁。那时的我极富冒险精神，直到现在白发苍苍，我还是很喜欢鬼怪故事和侦探小说。俗话说“不是一家人，不进一家门”，我妻子也是一个喜好冒险的人，我们都商量着去当电影演员呢！不过，那时和现在不同，日本的电影界极其幼稚，根本就无法实现我们的愿望，所以我们的想法半路夭折了。现在我们有五个子女，妻子的冒险精神已荡然无存，只有我还多多少少保留着一些冒险的兴趣。

话说我们结婚半年后的一天，一名二十五六岁的男子突然到诊所看病。那时，喜欢冒险的我们经历了半年的婚姻生活，正觉得生活有些无聊。经过检查，我发现这名男子患的是早期梅毒。

当我把这一结果告诉他时，这名男子说道："医生，我三个月后必须结婚，在那之前请您一定要治好我的病！"

听了他的话，我直接忠告他："三个月的时间根本做不到。你结婚至少需要推迟一年左右的时间，不然就会把病毒传染给你妻子的！"

"我真的无法推迟，请您无论如何一定要想想办法啊！"那名男子不停地恳求我。

可无论他怎么请求，这件事真的没有商量的余地。当我把这一情况告诉他时，他竟然自暴自弃道："要是这样，我只能就这样结婚了。"

当时我吃了一惊，接着拉下脸来，诚恳地告诉他，把可怕的梅毒传染给纯洁无瑕的新娘子是非人道的卑鄙行为，不管有何隐情，推迟婚期都是一个男人应做的事！结果他却冲我发起火来，说什么医生给病人看好病就行了，别管他人的私事。我也生气了，对他说："如果你非要这么做，我也是有办法的。出于人道主义，我会把你所患的疾病告诉你的新娘的。"听完我的话，他更加生气了。毕业于某大学法律系的他，看来懂得不少法律知识。

"泄露他人隐私是触犯刑法的行为，你最好三思！"他扔下这句话便气呼呼地走了。

大家也知道，以前，在日本梅毒患者结婚并非什么稀罕事。我只是特别可怜那位准新娘才这么说的。的确，依照刑法规定，医生故意泄露病人隐私将被追究刑事责任。

可将梅毒传染给纯洁无瑕的新娘的行为不构成犯罪，阻止其传染的行为却要被追究刑事责任，这是多么让人懊恼的事情啊！我并不想故意泄露那名男子的秘密去触犯刑法，便把自己的苦恼悄悄告诉了妻子。妻子很同情我，她认为拯救那位准新娘是我的义务。可是我该怎样在不触犯法律的情况下拯救那位姑娘呢？我俩商量来商量去，最终还是没有一个合适的办法。

我想，不管怎样，必须先打听清楚和这名男子结婚的姑娘的情况。经多方打探，最终搞清楚上述这名男子将入赘 xx 区某大户人家。让人吃惊的是，先前这名男子亲口说三个月之后再结婚，可实际上刚过三个星期他就结婚了。他入赘的是一户姓加藤的有钱人家，虽然加藤家的府邸不太大，可从旧幕府时代延续至今，房子四周的庭院相当大。这位新婚的姑娘名叫友江，是一位十九岁的美女；入赘她家的这名男子名叫信之。好像信之是为了加藤家的财产才入赘她家的，所以他所谓的不能拖延的理由，只是担心婚事被别人抢先罢了。遇上这么一个心怀叵测又身染梅毒的人，加藤家可真是不幸啊！不用说，天真无邪的友江小姐就更加不幸了！友江是一个名副其实的“闺中女”，她对外面的世界一无所知，只准备把自己的后半生托付给自己的丈夫。或许是有了上门女婿，心里一下子放松了，也可能是阴错阳差吧，加藤家的老夫妻在女儿友江结婚不到半年时就相继去世了。对友江来说，这可真是晴天霹雳；可对信之来说，这真是意想不到的好事啊！没了岳父岳母，信之干脆辞掉公司的工作，每天待在家里，无所事事。

各位，这种情形下的加藤家，谁都不会认为会长久繁荣吧？可能大家也都能预感到不幸将要来临了吧？的确如此，可怕的罪恶之手首先伸向了美丽无瑕的友江。正如我警告信之的那样，友江被他携带的可怕疾病传染了。

加藤家原有一位深受老夫妻喜爱的女佣，信之对她一直心怀不满。老夫妇过世后，信之便立即找碴儿换成了一个年轻女佣。可新来的年轻女佣不到一个月就辞职不干了。之后来的女佣工作全都待不长久，还有一些甚至刚来一周就不愿意干了。之后才知道，原来是信之对她们欲行不轨。其中一个原因是信之的淫荡本性使然，另外也是因为友江容光不再了。不用说，这都是可怕的疾病害的！

诸位都曾听说过梅毒二、三期患者的凄惨情形吧？感染此病半年后，从脸部到整个身体都会溃烂、化脓，嘴唇苍白，口中也会像石榴裂口般溃烂。对女人来说，更可怕的是头发开始一绺一绺地脱落。一梳子下去就会一团一团地掉，有时甚至会大片大片地连发根一起掉落。诸位恐怕都知道义太夫小调[①]《四谷怪谈》里的描写吧？女主人公阿岩被灌下毒药后，不一会儿就脸面浮肿，开始揪自己头发——这让人心烦意乱的长发，这让人讨厌的鬓角短发。梳妆台抽屉里的黄杨小木梳，不知不觉已成慰藉面目全非的身体和纠结心理的工具。两臂弯曲，不停地梳着鬓角的千根短发，不停地揪落额前的鬓发……

① 日本传统音乐之一。

这真是梅毒患者的真实写照，与阿岩的情形完全吻合。

诸位，加藤家的独女——纯洁无瑕的友江，因为她那连伊右卫门[①] 都不如的丈夫之故，已变得和阿岩一样了。这时候发生多么可怕的怪事都是意料之中的。那么接下来我的故事就要进入高潮了。

看到自己的妻子被病魔折磨成那个样子，大多数男人肯定会赶紧请医生诊治，或者在妻子病情恶化前就早已看医生了。可冷酷无情的信之根本就没有请医生为妻子治病。他害怕医生一旦诊断为她染了梅毒，妻子就会知道是被自己传染的。一旦妻子知道了真相，他不知道一向服服帖帖的妻子会做出什么事。或许被医生提醒后，她甚至有可能告到法院，和他离婚呢。想到这些，他干脆采取了置之不理的态度。不明真相的友江只会怨自己命不好，一天一天苦熬着度日。最后，信之甚至都不愿意再看到她了。他为排解忧愁，本想在外寻欢作乐，可又担心友江趁他不在家时请医生看病，只好窝在家里；在性欲亢奋时，他就想对女佣欲行不轨。一旦被命运之神的魔掌控制了，谁也逃不掉。可怜的友江也不例外，梅毒最终侵入了她的大脑，她的精神变得异常。这种精神异常，要是进行杀死梅毒的对症疗法，很快就能治愈；可由于从未就医，友江的精神失常就一天天地严重起来。况且她已怀有身孕，女人在妊娠期间本来就会精神不稳定，所以友江的状况更是雪上加霜。她先是显得极度忧郁，之后便寻死觅活，想要自杀。就连信之都不知如何是好，只能日夜不停地紧紧盯着她。

① 《四谷怪谈》中女主人公阿岩的丈夫。

在这种情况下，一名新的女佣被雇了进来。她名叫阿泽，长得很漂亮，好像出身良家，做事很机灵，看起来比友江大一两岁。信之的心不由得被她吸引了。就是这位女佣，之后让信之性命难保。

信之夫人的身边出现了一个熟谙世事的女人，大家猜一猜就知道会发生什么事。只要信之一示爱，之前的女佣就会马上辞职不干，可是这位阿泽不但没有逃走，反而对信之流露出些许好感。信之的心完全乱了方寸，他对阿泽的爱恋日复一日地强烈。

友江虽然精神异常，但她看到自己的丈夫对阿泽献殷勤时，还是会醋意大发，有很多次她甚至掐住阿泽的脖子殴打她。即便这样，阿泽也只是一笑了之，从不喊苦，好像她心怀某种野心。

看到友江欺负阿泽，信之越发憎恨友江。出于对阿泽的同情，他提出把友江软禁在仓库里。阿泽起初还极力反对，最后也同意了。他们把友江关进了仓库。不过，阿泽依旧每天尽心地照顾友江的起居。她拿着仓库门的钥匙，负责仓库里的清洁工作。倒是信之觉得眼前清爽了，自从把友江关进仓库，他一次也没有去看过她。因为友江一直寻死觅活，闹着要自杀，虽说被关进了仓库，但她自杀的危险还是没有消除。不过，此时信之心里想的只有阿泽，他倒觉得友江能早点儿自杀才好呢！

可是，命运这个东西真是让人难以捉摸。刚开始还郁郁寡欢的友江，随着病情的发展，精神却反而一天胜似一天地高涨了，这也可能是孕情的变化所致吧。因此，她不但不闹着自杀，每天还相当快活，有时从仓库里飘出她唱歌的声音。可是由于家大院深，外人根本听不见，所以友江被关在仓库里这件事，除了信之和阿泽，再无第三人知晓。

友江被关起来后，偌大的一个家里就只剩下信之和阿泽两人。于是就像大家猜测的那样，信之不断地向阿泽求爱。不过，阿泽虽对信之抱有好感，却断然不肯委身于他。于是，信之一天比一天焦躁，甚至到最后对阿泽采取暴力。

最后，阿泽断然说，只要友江夫人在世一天，她就绝不服从他。

那么，为爱癫狂的信之接下来会做出什么事情呢？不用说，大家也都明白，那就是置妻子于死地！

一天晚上，阿泽陪信之喝酒时，从他的言语间和眼神中已觉察出他想要杀害友江。她一边后悔自己不该对信之做出那个承诺，一边暗下决心要时刻提防信之的举动。

一天晚上，一场可怕的暴风雨袭击了这座城市。晚上下起瓢泼大雨，加上风声肆虐，这场暴风雨来势汹汹。这样的夜晚就是心智正常的人也会心生恐惧，产生异常反应的。信之让阿泽陪着自己一杯接一杯地喝酒，喝到醉醺醺时，他突然向阿泽要仓库的钥匙，说他要去看看友江。阿泽一再拒绝，可他就是不听。无奈之下，阿泽便要求一起去，可信之不答应。最后，阿泽没有办法，只得把钥匙给了他，自己蜷缩在空荡荡的房屋一角。

不久，信之面如土色般跑了回来。

“阿泽，友江上吊死了！”他顾不上熄灭灯笼里的火，慌慌张张地说。

听到这话，阿泽“啊”地大叫一声，一下子仰面瘫倒在地，当场昏死过去。信之见状，赶紧端来一杯水，给阿泽灌了下去。

阿泽过了大概两小时才清醒过来，她一睁眼就猛地坐起来，指着墙角大叫道："那……那不是夫人吗？"说完就捂住眼睛，不敢再看了。信之听了她的话，心里不由得一惊。

"胡说！哪儿有人？"他说。

"不过，我刚才确实看见夫人披头散发地站在那儿啊！"

"不可能！"

"你要是不信，就去仓库看看吧！"

信之不想去，可经不住阿泽的再三要求，只得硬着头皮又提着灯笼去仓库了。那时暴风雨越来越猛烈了。

不一会儿，信之面如土色地回来了，他那只提着灯笼的手不停地颤抖。

阿泽知道发生什么意外了，她问道："发生什么事了？"

信之只是盯着阿泽的脸，一句话也说不出来。

"先生，发生什么事了？"阿泽再次问道。

信之的表情就像用了吗啡的病人一样，一脸茫然中又现出恐怖的表情。

"不得了了，友江的尸体不见了！"

信之的声音就像从另外一个世界飘来的一样。

"妈呀！"阿泽听后又大叫一声，当场晕了过去。这也难怪，信之的话正说明友江的尸体已变成幽灵！

看到阿泽晕了过去，信之没有去拿水，他只是一边笑着看着晕死过去的阿泽，一边不停地喝酒。之后，他抱起阿泽，迅速来到卧室。铺好被褥后，他把阿泽放上去。接着，他在旁边坐下来，两眼放光，充满情欲，直勾勾地看着阿泽。可不知为什么，睡意袭来，他还没把手伸向阿泽的身体就一头倒下去睡着了，就好像被幽灵施了魔法一样。

几小时后，信之睁开双眼。那时天还没有全亮，暴风雨小了一些。信之看上去已醒了酒，他抬起头，满脸狐疑地打量着周围。突然他感觉自己的手好像碰到了什么冰凉的东西，一看，心里不由得咯噔一下。

诸位！理应躺在信之身边的阿泽，不知何时变成了一个不足一尺的女婴尸骸。这个女婴像在沸水里烫过一样全身黑紫，这真的是幽灵来报仇了！

“嘿嘿！呵呵！哈哈哈！”

信之突然令人毛骨悚然地笑了，继而抱着这个女婴的尸骸在房子里一圈一圈地跑了起来。由于受到接二连三的恐吓，他终于发疯了。此时暴风雨又猛烈起来，就连房间里的电灯泡都开始晃动了！

诸位！我的怪异故事基本结束了。当然，信之发疯，不光是因为阿泽变成了可怕女婴，最重要的原因是他趁着暴风雨之夜杀死了友江，之后又借口说她是上吊自杀的，他的良心受到了谴责。

可能大家很想知道这个故事的真相，我就简单地说说吧！其实这个怪异故事不过是喜欢冒险的我和妻子演出的一幕闹剧。

可能大家都已猜到，让信之迷恋的女佣阿泽正是我的妻子。我俩下决心一定要拯救友江，所以经过调查，得知友江已患梅毒和她家频频更换女佣的事情。于是我妻子假扮女佣，住进了友江家。

那时友江的梅毒症状已到了相当严重的地步，把友江偷偷带出来治疗这种做法不太现实，我们就只能等待时机，想办法让信之悔悟。

妻子经常偷偷和我见面，商量对策。渐渐地，她感觉到信之要杀友江的意图越来越明显了。

从妻子告诉我信之意图的第二天起，我就每天晚上偷偷潜入加藤家，秘密监视信之。到了暴风雨那天夜晚，我的直觉告诉我那天晚上肯定会发生什么事，于是紧紧盯着仓库的动静。果然，不久，信之就出现了。他迅速用手巾勒“死”了友江，然后解下友江的腰带，把“尸体”吊在房梁上，就头也不回地逃走了。当时，如果他要用刀子之类的利器，我就打算跳出来阻止他。可他采用的是勒死友江的方式，我就只能在暗处焦急地看着，一直等待时机。

等他一走，我马上就把友江从房梁上放下来，并实施了人工呼吸。不久，友江又有了呼吸。接着，我就把她搬到事先与妻子商量好的房间里。

友江苏醒过来后不久就生产了，生下来的孩子因感染梅毒病毒，早已死亡，样子很可怕。可能是之前友江窒息的缘故，婴儿已没有了呼吸，只有七个月大的婴儿最终不治身亡。另外，信之喝了我妻子放了安眠药的酒，还没来得及对假装昏迷的我的妻子实施暴行就睡了过去。于是我们把刚刚出生的夭折女婴放在他的身边。

本来我们打算一切都见机行事，一旦出现意外，我就跳出来加以阻止。可是由于妻子的巧妙配合，我就没有直接现身。本来我们只打算吓吓信之，让他回心转意，没承想把他吓得过了头，他最后发疯了。之后，经过驱除梅毒疗法，友江的身体完全康复了。可信之的疯病没能治愈。要说起来，这也是因为他曾经妄想杀死友江而应得的报应。我和妻子也是年轻气盛，冒险卷入了这件事。

说了这么多，我想，大家肯定都感到很无聊吧？

もうまくげんぞう

濒死之眼

『人死的时候，最后投射到视网膜上的图像会永久保存下来。所以，只要把死者视网膜上的图像显示出来，就会清楚这个人生前最后看到的景象。假设发生了一起凶杀案，但不知道凶手是谁，这时只要把死者视网膜上的图像显示出来，就会清楚杀人犯长什么样。……』

小原检察官说完，瞪了山木一眼。只见刚才一直闭目养神的山木双眼开始出现一种不安的神色。

一个男人站在尸体解剖室的大理石台边，平静地俯视着一个女人的尸体。

大理石台上，女人丰腴的身体由于完全失去了血色而显得白皙、透亮，要是没有脖颈上深深的勒痕和两眼上厚厚的纱布，她看起来就像睡着了一样。

将这个男人带到这里的两名警官、法医学家鸟井博士和检察官小原一齐注视着他的脸。这个男人却始终面无表情。

"喂，山木！"小原检察官终于打破了沉默，"看到被你杀死的人的尸体，你就没有一点儿悔恨之意吗？"

"我不记得我杀过人，这个女人到底是谁？"那个叫山木的男人说着径直走到尸体的脑袋前，想把尸体眼睛上的纱布取下来。

小原检察官慌忙阻止了他，然后苦笑一声，说道："你居然装得像没事人一样！我告诉你，已经有好几个证人说你是这个女人的情人了，这足以说明你和这事儿脱不了干系。我们之所以把你带到这里来，是想让你坦白的。我就想看看你在被自己亲手勒死的女尸面前还会若无其事地装多久！”

“可你总不能让我交代我没犯过的罪吧？我从没见过这个女人。”

“喂喂！”小原检察官用威胁的语气说道，“你再这样抗拒下去对你可没好处！我们已经查清楚了，因为你有了别的情人，这个女人嫉妒得大哭大闹，你嫌烦，就把她杀了。你就不要再狡辩了，直接坦白吧！”

“这恐怕是个误会吧？”名叫山木的男人倒毫不畏惧，“我一定是中了别人的圈套！这事儿的后果，想想就觉得很可怕，它也关系到检察官您的身份哟，您可要十分小心地找出真凶才好啊。”

小原检察官没想到他会这么说，一时间目瞪口呆，心想，这男人的脸皮可真够厚的。这时，旁边的一名警察实在看不下去了，张嘴道：“这个男人是死不承认啊，看来把刀架在他脖子上也没用。”

没办法，小原检察官只得向一旁一直默默聆听的鸟井博士意味深长地点了点头，然后对这个名叫山木的男人说：“好吧，看来我们只能采取最后的手段了。你是一个受过良好教育的人，对这位鸟井博士应该不陌生吧？他可是以发现各种新破案法而闻名于世的人物哟！最近，鸟井博士又发现了一种新的破案法，你想知道吗？简单说，就是把人眼视网膜上的图像冲洗出来，像将相机胶片冲洗成照片一样。人的眼睛就像一台照相机，视网膜起着胶片的作用。人活着的时候，视网膜会连续不断地成像，上一张图像瞬间消失，接着会映出下一张图像。不过，人死的时候，最后投射到视网膜上的图像会永久保存下来。所以，只要把死者视网膜上的图像显示出来，就会清楚这个人生前最后看到的景象。假设发生了一起凶杀案，但不知道凶手是谁，这时只要把死者视网膜上的图像显示出来，就会清楚杀人犯长什么样。所以，像以前那样通过解剖尸体也无法确认死因的案子，现在只要迅速取出死者眼球中的视网膜，将上面的图像冲洗出来，立刻就能知道凶手是谁，从而为破案提供确凿的证据。这就是鸟井博士发现的视网膜成像破案法。你知道这一发现的意义多么重大吗？它可是一种让罪犯吓得要死的破案法！”

小原检察官说完，瞪了山木一眼。只见刚才一直闭目养神的山木双眼开始出现一种不安的神色。不知是小原检察官的长篇大论让他焦躁不安，还是视网膜成像这一新发现扰乱了他的心神，总之，他的双眼慢慢失去了平静，视线开始不由自主地使劲往尸体上瞟。

“现在你应该明白了吧？”小原检察官乘胜追击道，“这个房间是尸体解剖室，如果是以前，法医会直接对尸体进行全身解剖，可现在已经没这个必要了。鸟井博士只解剖了这具尸体的眼睛，所以你看到这具尸体的眼睛上蒙着纱布。你明白了吗？”

山木的内心似乎慌乱起来。他时而双手紧握，时而又松开，眼睛始终默默地注视着鸟井博士。鸟井博士天庭饱满，目光锐利，留着浓密的胡须，一看就聪明绝顶。鸟井博士的长相着实让山木有种莫名的压迫感，同时，心底油然而生的好奇心也令他看起来越来越兴奋——博士到底从冲洗的视网膜图像上发现了什么呢？

“视网膜上的图像已经冲洗好了，现在放在别的房间里。”和山木相反，小原检察官的语气越来越平静，“鸟井博士现在也不知道图像上有什么。你也知道，视网膜的面积非常小，用肉眼看，太小了，要想看清图像，就必须用投影仪放大。我现在正让人在隔壁房间准备，接下来你也和我们一起去看看这个女人濒死时视网膜上出现了什么图像。”

这时，一名技师模样的男子走了进来，告诉小原检察官，已经准备好了。

“走吧。”

山木呆呆地站着，一动也不动。

“必须一起去吗？”他说话的声音微微颤抖。

“既然你觉得自己是无辜的，又有什么好犹豫的呢？”

无奈之下，山木只好和众人一起走进了隔壁房间。房间里一片漆黑，正面拉着四方形的幕布，幕布前方有台大型投影仪，投影仪的弧光灯发出青白色的光线。

一进暗室，鸟井博士就拿起投影仪上的玻璃盘子，递给小原检察官和山木。盘子里有个膜状的东西软绵绵地泡在水里。

“这是女人的视网膜，把它贴在玻璃板上，然后装进投影仪，视网膜上的图像就会映射在幕布上。”鸟井博士说完，不到两分钟就完成了这些必要的操作。

“马上就要放映了，你坐下来看。”小原检察官把山木硬按在椅子上。

弧光灯发出哗的一声，幕布上瞬间出现了云朵一样的东西。不久，从那云朵中渐渐清晰地显现出某种物体的形状。

“噢！快看那里！快看那里！”

幕布上的图像不是很清晰，有点儿像没对准焦点的相片，但完全可以看出那是山木的脸——山木突然站了起来。一站起来，他便哈哈大笑起来。看来他因被无法逃脱的证据揭穿而发狂了！

“哈哈哈！”他继续大笑着说，“骗人！你们肯定在骗我！我的脸不可能出现在女人的视网膜上。”

“为什么？”小原检察官严厉地问道。

“因为，我是趁女人睡觉的时候杀死她的——”

几个小时后，小原检察官单独和鸟井博士谈话。

“不管怎样，我还是很佩服博士您能想出这么好的办法。视网膜成像可真是个奇思妙想啊。”

“嗯，我在检查尸体时就怀疑死者是在睡眠中被杀的，为了让顽固的山木坦白，我才想出了这个办法。不过，视网膜成像也是我一直以来的想法，也许不久的将来这种破案法会真正用于实践。好在他最终坦白了，结果已经很好了。”

“说实话，当山木要将手伸向尸体眼睛上的纱布时，我着实吓了一跳，因为尸体的眼睛根本没被解剖啊。另外，那个玻璃盘上的视网膜样的东西是什么啊？”

“胶卷。把胶卷放在热水里，看起来就是那样的。我把警察拍的山木的相片，根据需要重拍了一下。这个案件充分说明，过去用迷信的方法可以让犯人招供，现在必须用科学的方法才能让犯人特别是受过教育的犯人招供。”

“非常感谢您的帮助！”小原检察官满意地感谢道。

いぬがみ

犬神

医生最后说了什么，我一点儿也没听进去。扔下吃惊的医生不管，我飞也似的冲了出来。万事休矣！看来我的血管里真的流淌着狗的血！这一结果被科学证实了。也不知是犬神家的人身上流淌着狗的血，还是被狗咬伤以后，我的血里出现了狗血变异的东西。总之，我身上流淌着狗的血！

如果我有爱伦·坡十分之一的文采，那么接下来我要讲的这个故事肯定会让大家像喜欢他的《黑猫》那样感兴趣。遗憾的是，我至今只做过公司职员，只是喜欢看侦探小说，虽年已二十五岁，却从未写过这种风格的故事。然而，我现在真的是很认真地拿起了笔。

在昏暗的监狱里，我一边等待着被执行死刑的日子，一边想把我所犯的杀死一个女人的不赦之罪的过程忠实地记录下来，故此奋笔疾书。我打算只把事实一五一十地写下，绝不做一点儿夸张与润色。读者们可能会认为这种事情不可能发生。按照给我做检查的医生的说法，我现在的精神状态可能有点儿异常。就算我目前处于一种异常的精神状态，我也想把自己认为真实的事情写出来。

接下来我给读者讲的故事，其实与爱伦·坡的《黑猫》的内容极为相似。我要讲的故事虽然与《黑猫》中故事的起因以及发生的方式很像，但不是围绕着猫而是以狗为中心，读者或许会认为这是我模仿《黑猫》编造出来的故事。不过，我不会在意读者怎么说，大家要是觉得我是模仿《黑猫》编造的话，我反而会觉得不胜荣幸。这是因为，和文学巨匠相比，我的文笔显得太拙劣了。

我出生在伊予国的乡下。读者可能听说过关于四国的犬神和九州的蛇神的传说，其实我就出生在犬神之家。有迷信认为，犬神之家的人如果不与犬神家的人结婚，就会断子绝孙。犬神之家的人如果与普通人结婚，夫妇就会死于非难。因为这个迷信，我的父母其实是以比表兄妹还要亲的关系——兄妹——结婚并生下了我。我是一个独生子，在无忧无虑中长大。从附近的乡村中学毕业以后，我就待在家里，不再上学了。要是我父母还健在，我应该还在乡下过着田园生活，可是前几年流行性感冒蔓延的时候，父母同时去世了。此后，我靠收地租生活。不知为什么，我慢慢讨厌起自己与犬神相关的身世。去年春天，我变卖了所有的土地和房产，为了自由的生活，到了东京。

我家里有一件唯一代代相传的传家宝。那是一张不知何人写的横幅，上面横着写着大约五尺长的五个大字——“金毘罗大神”。看起来它的历史相当久远，纸张已经泛黄，墨迹透纸，仔细看的话，字迹相当鲜亮。因为父母以前常常告诉我，家道再怎么衰落，只有这件东西不能卖，所以来东京的时候我记着拿上了这件横幅。刚开始，我寄居在芝区的亲友家里。不久，我在附近租到一套带院子的小房子，开始自己生活。为了维持生计，我决定在某公司就职。“金毘罗大神”的横幅就挂在客厅兼起居室的房间里。当时我做梦也没想到，就是这张横幅将导致我家破人亡。

刚在公司就职的那段时间很平静，没发生任何事情。不久，我与咖啡店的一个女招待熟悉之后便同居了，此后我接连遭遇不幸。

在咖啡馆与她交往的时候，我感觉她是一个老实本分的女人。可是，同居以后，我悲哀地发现我的幻想破灭了，她不能令我十分满意。可是，不知道为什么，我经常被她吸引，她也深爱着我，“深爱”这个词或许并不妥当，但至少她的举动极其露骨。举一个例子来说吧，我刚从公司回来，她就马上搂住我的脖子，贪婪地要和我做爱。

不知从什么时候起，我突然心生一种难言的沉重感。有一天，一位在某医科大学上学的朋友看了我的脸色，开玩笑地说我看起来“纵欲过度”。他还随口告诉我，纵欲过度的人和娼妇一样很迷信。他不经意间说的这句话，让我很震惊。我不知道，医学上有没有纵欲过度的人会成为迷信人的说法，可那时我的心一下变得很沉重。这是因为我家传的犬神传说开始占据我的心灵。犬神家的男人如果与普通家出生的女人结婚就会死于非命这种顽固的观念，在我心里日复一日地强烈起来。

在法律上，我和她还不算缔结了婚姻。即便提出结婚申请，我也连她是在哪儿出生的都说不出来。看起来她既没有父母也没有兄弟姐妹，她不会给任何一个人写信，甚至连一个找她的人也没有。我甚至不知道她的名字“露木春”是不是她的真名。问她的年龄，她也不说，即使知道了也没任何意义，所以我也就不在乎了。不过，从语音来判断，她应该不是四国或九州地区的人，倒更像东北地区出生的人。我也没兴趣追查她的底细。

虽然在法律上我们没有结婚，可事实上我们已经有了夫妻关系。我心里的顽固观念挥之不去，我总是感觉会遭遇可怕的事情。有一天，我在回家的路上穿过芝公园，不知道从哪儿蹿出一只白色的狗，它恶狠狠地扑过来，在我裤子上狠咬了一口。就在我惊慌失措之际，那只狗跑远了。此时我才觉得右腿肚子火辣辣地疼。是狂犬啊！我此时感到害怕，不是因为狂犬的病毒，而是“狗的报应”，也就是说，这就是我遭受毁灭的开端！一想到这可怕的传说，我就感到全身战栗。我茫然地站了一会儿，之后回过神来，赶紧从口袋里掏出手绢，包扎伤口，然后一瘸一拐地回了家。

我刚进家门，她便像往常一样飞跑过来，想缠住我。可看到我脸色阴沉，接着又注意到我腿肚子上系的手绢，她马上蹲下来。在我张口说话之前，她已经解开系着的手绢，吃惊地看了一会儿我血肉模糊的伤口。然后，她突然用右手抱着我的右腿，像狗噬咬东西一样将嘴唇贴到我的伤口上，像婴儿吃奶一样吸了起来。我吓了一跳，不由想把腿抽回来，可她抱得很紧，我一动也不能动。我有点儿惊慌，不知如何是好。吸了大概三分钟，她陶醉地咽下了满嘴的血，露出沾满鲜血的牙齿，抬头冲我莞尔一笑，说道：“你被狂犬咬了吧？我已经给你把毒全吸出来了，你可以不用再打狂犬疫苗了。”

当晚，她吸了四五次我的血。

不过，我还是非常担心，第二天请假，没去公司，开始每天去传染病研究所注射疫苗。她知道我一直在打疫苗时，好像很不高兴，但也没说什么，只是从知道我打疫苗时起，她就不再帮我从伤口吸血了，只是像平时一样，开玩笑似的舔我的身体。

虽然打了疫苗，我内心却越来越不踏实。我开始担心，是不是狂犬的病毒已经遍布我的全身了。要是咬我的狗携带的病毒特别强，是不是打预防针也不会奏效呢？有一天，注射完疫苗，我咨询了医生。医生安慰我说，截至现在，在这个研究所接受疫苗注射的人中，还没有一个人患上恐水病（狂犬病）。啊，是恐水病！只要看到水不感到害怕，就表示没有患上恐水病。一直以来我都有一个习惯，每次经过芝圆桥时都会停下来看看水面。不过，至今从没害怕过。

这样来看，我还没有患上恐水病。我稍稍地放心。不过，在我心里，“这是犬神的报应”“这是自取灭亡的开始”之类的想法却变得更加强烈了。

最终，我没再去上班。跟她白天黑夜在一起，我感到很痛苦。因此我上午去打预防针，下午特意不回家，而是去公园散步。她也没说要跟我去。一天晚上，我在日本桥附近的一个饭馆吃完饭，心情很好，打算回家吓吓她。我悄悄地进了家门，光着脚来到起居室门口，想吓她一跳。可往里一看，我顿时惊得目瞪口呆，手脚冰凉。她像条狗一样，正低着头，吧嗒吧嗒舔着火盆里的灰！

我吓得转身要逃，可就在此时，她抬头看见了我，若无其事地用手巾擦了擦嘴，对我说：“你什么时候回来的呀？最近我特别想吃烟灰呀、泥巴之类的东西，是不是怀孕了呀？”

听了她的话，我吓了一跳！原来，怀孕时，女人的口味会变得很特别，会突然想吃一些平时连尝都不愿意尝的东西。这么说的话，前两天她自愿帮我吸血，恐怕也是怀孕的缘故吧？想到这儿，我放心了点儿。可是接下来，恐怖感层层包裹了我。要是她真的怀孕了，这岂不是我和她结婚的证据吗？要是那样，我们本已命运多舛，这次要陷入无底深渊了。想到这里，我抬头，发现门框上“金毘罗大神”五个大字显得格外鲜明。

我的心情越来越沉重。她难道是真的怀孕了吗？她不会是和我一样遭到犬神的报应了吧？吸食鲜血、舔食灰土，这就是遭到报应的表现啊！我实在无法忍受了，心里焦躁不安，真想咬死她，然后自己也死了算了。

第二天，我打完最后一针防疫针，忍不住问医生：“大夫，今天我就打完预防针了，可我的心里日益沉重起来。您能不能给我再采血化验一下？”

“采血化验什么呢？”

“我想知道我的身体里是否流淌着狗的血。”

“不像话！”

“我是认真的，拜托您给我化验一下。”

医生刚开始还以为我在开玩笑。后来，看到我一脸认真，他才说道：“好吧，我给你化验吧！要是被狗咬了的人带有与狗血相同性质的血液，那在医学界还是一大发现呢！”

他边说，边从我的静脉里抽了两克左右的血，放到试管里。

第二天，在焦急的等待中，我又来到了研究所。医生一看见我，就非常认真地说：“你终于来了，我可是有了一个大发现，先跟我到这边来……”

医生最后说了什么，我一点儿也没听进去。扔下吃惊的医生不管，我飞也似的冲了出来。万事休矣！看来我的血管里真的流淌着狗的血！这一结果被科学证实了。也不知是犬神家的人身上流淌着狗的血，还是被狗咬伤以后，我的血里出现了狗血变异的东西。总之，我身上流淌着狗的血！光是这样想就能让大多数人精神异常！现在稍微定下神来看，其实那时医生所说的大发现可能指的是别的意思。可对当时的我来说，我是无论如何也不会到实验室去看自己的血是如何反应的！当时我只是一味地想着该如何让自己肮脏的血恢复得和别人的血一样干净。可我并非医生，我不知如何是好。我所能想到的唯一方法，就是使劲喝酒。

我开始不停地喝酒，在家里，在外面，沉醉在酒里。刚开始时，一大量地喝酒，我就神奇地感到郁积在心头的不安竟然一扫而空，同时也觉得自己身体里的血液在慢慢净化。可时间一长，酒的作用越来越小了。酒的效力消失的话，我就再也没有净化血液的方法了。我感觉自己身体里的血正以成倍的速度污秽下去。

她和以前一样，仍然每天舔灰、吃泥巴。最近她更喜欢吃带腥味的泥浆。这肯定不是怀孕的表现，而是犬神的报应！哎呀！她原本就是一只狗！一只为了毁灭我而被天神派遣来的狗！越是这样想，我就越来越害怕接近她，后来甚至慢慢诅咒她。她依然每天躲在起居室里，在“金毘罗大神”的横匾下挨着火盆做针线活儿。

一天晚上，我喝了不少酒，唯一的一次醉醺醺地回家了。进门一看，她正在用白布做着什么，我一进门，她马上把那个东西藏在身后。

“那是什么啊？”

说完，我靠近她，从她的手里把那个东西抢了过来。打眼一看，我马上就扔了它。那竟然是一只玩具狗。

我的心紧了一下。

“为什么要做这种东西呢？”

“最近，我突然喜欢起玩具狗。这也很正常，我是狗年生的。你为什么看起来那么害怕它呢？”

说完，她为了取悦我，像以往一样搂住我，舔我的脸颊。那个时候，我异常害怕。因为她的舌头像狗舌头一样哗啦哗啦地响。这恐怕是这段时间她一直吃泥巴的原因，她的舌头舔东西的时候也开始哗啦哗啦地响了。那个时候我已无暇顾及其他事情，脑子里面光想着她是一只狗。

我用力把她推开时，她冲我抿嘴一笑。那时她的嘴唇噘着，和狗的嘴一模一样。

我随手抓起插在火盆里裁缝用的小型熨斗，用力朝她的额头打了下去。一瞬间，像血一样的东西一下子飞溅过来。令人奇怪的是，我并没有看到血流出来，只是在她默默地仰面倒下去后，看见黑颜色的血从她额头的伤口流出来，慢慢淌到榻榻米上。

我一下子回过神来，仔细一看，她的脸还是平时那张脸，只不过她已经死了。我一边为自己的鲁莽行为悔恨不已，同时又有一种踏实的感觉奇妙地油然而生。这时我才慢慢恢复了理性。

我把她的尸体放进洗澡桶，盖上盖子，回到客厅兼起居室一看，从她额头流出来的血迹变成了一只狗的模样，就像用红色的颜料在榻榻米上画的一样。看到这儿，我全身的冷汗滴答滴答直往下流。我立刻提来一桶水，先把那摊应该是诅咒图形的血擦洗掉，然后环顾四周，意外地发现，除刚才的血迹，没有一点儿飞溅出来的血迹。榻榻米上的拉门和拉窗上都没有任何血痕。

接着，我用了三天时间分解了她的尸体，并且在烧洗澡水的灶膛里烧掉了。三天里，每到晚上，不知道从哪儿跑来的一群狗聚在一起不停地叫，但幸运的是，没被任何人盘问，直到我完全处理完尸体。就连灶膛里的灰烬也被我收拢到一起，全部撒到了屋后的田地里。我还用抹布把榻榻米和洗澡桶擦了一遍又一遍。我觉得，不管谁来调查都不要紧。

果然，到了第四天早上，三名警察来到我家，出示了搜查令，要搜查我的家。可能是邻居们对我家门前的狗叫声产生了怀疑，警察才来的。我用连自己都佩服不已的沉着态度，把他们请进家，并且告诉他们，我同居的女友前些天突然出门，就再没回来。警察询问了我很多事情，另外还去调查洗澡间炉膛里的灰了。不过他们不可能找到任何证据。之后，这三名警察一起边笑边嘟囔着什么，拿出放大镜，检查了一遍起居室的榻榻米。他们的努力白费了，最后空手而归。

突然，我觉得胸口憋闷，有点儿想要呕吐。于是，我把注意力从他们身上移开，独自坐在火盆前，无聊地拨动火盆里的灰。

突然，我发现，刚才那三名警察嘟嘟囔囔的说话声消失了，周围安静得让人害怕。我感觉事情不妙，抬起头来一看，那三名警察正站在“金昆罗大神”横幅下面，就像欣赏飞机翻筋斗一样凝视着横幅上的一个点。

我起身来到他们三人身旁，也观察起上面的字。

就在那时，我大吃一惊！我感觉全身发软，几乎要崩溃了。原来“金昆罗大神”的“大”字奇妙地变成了“犬”字，而且毋庸置疑，“大”字多出的“、”正是黑紫色的血迹。现在想起来，当时我用熨斗击中她额头的时候，只有一滴血飞溅出来，落在“大”字旁边。而我当时竟疏忽大意，没有看到。

我呻吟一声，当场晕了过去。

はなにもとづくさつじん

因鼻子引发的杀人事件

……这样犯罪太有意思了，我都担心再这样下去会不会杀了自己的姐姐。最近不知道为什么，我总觉得姐姐的手臂太白了，为了早点儿去除这个杂念，我一直尽量不看姐姐的手臂……

读完以后，由纪子感到一阵眩晕，一下子跪在地上，手中的本子也滑落在地。她赶紧用袖子盖住那雪白的手臂，她的两颊慢慢失去了原来的血色，视线也渐渐模糊起来。小弘的性格、举动和其他许许多多的事情一下子涌进了她的脑海。最后，她只感到恐惧，全身战栗不已。

突然，扩音器里传来明快的曲子，同时从楼下传来吹口哨的声音

「姐姐，姐姐！」

“小弘马上就回来了，一会儿让他带你去医院看看！”

由纪子坐在院里的长椅上，一边用纱布给爱犬比利擦眼睛和鼻子，一边用对孩子说话的口吻对比利说。

“快点儿好起来吧，中午我给你做好吃的！”

比利看起来没有一点儿精神，只是蹲在那儿摇了摇尾巴。它刚从重病中恢复过来。因呼吸器官损伤，它差点儿死掉，原本漂亮的黑毛也因此失去了光泽。春天的阳光透过红梅树杈，落在由纪子雪白的肌肤上，这让身边的比利显得更加憔悴。

“这样就可以了吧？怎么样？让我看看吧。嗯，确实漂亮多了！”擦完后，由纪子这样说着，扔了手中的纱布，然后从围裙口袋里掏出饼干喂比利。比利撒娇似的把脖子搭在由纪子的腿上吃着。

由纪子自己也一边吃着饼干，一边挺起圆圆的胸脯，用她那曾得过病的肺尽情地呼吸春天的空气。她和弟弟小弘一起过着恬静的生活，像疼自己孩子一样疼爱着爱犬比利。

“小弘回家可真晚啊！肯定又顺路去别处了吧？真是个坏家伙！”

突然，扩音器里传来午间文娱演出开始的声音。已经是十二点十分了。

“对，该给你吃药了，你等一下哟！”

由纪子边拂着膝盖上的饼干渣儿，边站了起来。比利一下子从她腿上滑了下去，肚子着地，它赶紧伸出了前腿。

刚才广播结束时就应该给比利吃药的。由纪子为自己的疏忽而感到不安，赶忙跑到走廊里的收录机前拿药，结果却没看到比利的药袋。

“听到转播开始时的声音就该给比利喂药了，这样的话，姐姐再怎么健忘也不要紧！”比利生病时，小弘曾这样提议。于是他们一直把药袋放在那里。

由纪子想了一会儿。

“对了，今早小弘用牙签喂过它，可能……”她嘟囔着上楼。上到一半，她又猛地站住了。要是去了二楼小弘的房间，肯定会被他知道的！

小弘有个奇怪的习惯，他不喜欢别人进他的房间。他不在时，她进他的房间，过后就会被他责备，说他的拉门门槛下本来画着线，现在位置不同了，砚台上的指纹不是他自己的，房间里的蜘蛛网怎么破了，书放得乱七八糟，等等。

“是不是你的房间藏着什么秘密啊？”由纪子有时这样问。

“什么呀！哪儿有什么秘密？只不过我的房间是我的私人空间，再加上灰尘太多，对姐姐的肺不好。”

小弘只会这么说。

因此，打那儿以后，由纪子再也没有去过小弘的房间。可给正在恢复的比利喂药时间晚了不行，于是她果断地上了楼，毫不犹豫地拉开了客厅旁小弘房间的拉门。

“哎呀，真脏呀。”

由纪子不由得皱起眉头来。房间里乱哄哄的，连落脚的地方也没有。书桌、火盆和被子堆在一起，周围书呀，报纸呀，杂志呀，纸屑等摆了一地。“你的私人空间可真够脏乱！”由纪子嘟囔着，不由得想笑。门楣上有两个隔挡，里面杂乱地堆着一圈空香烟盒。墙角橱柜下的地板上歪歪斜斜地铺着被褥，藤蔓式花纹图案的洋布窗帘只拉着一半。

由纪子站在小弘的门口愣了老半天，之后环视了一下室内。还好，药袋在木箱子上面放着呢。她踮着脚，伸出她那雪白的手臂取了下来。

她突然发现药袋下面放着一个比剪贴本还小的黑鞣皮小本子。在好奇心的驱使下，由纪子打开了封皮。

“犯罪的魅力远胜过生命的魅力”。

在粗笔写的这行字旁，贴着从报纸上剪下来的纸片。

弹药爆炸，生命垂危

枪支爱好者的横祸

三日下午六时左右，位于本府大崎区桐之谷 × 街的无业人员近藤进家里，突然轰的一声，从窗口喷出白烟。目击者迅速赶来营救。该房屋主人、枪支爱好者近藤进（三十岁）全身被火烧伤，倒在书房的地上，痛苦不堪，之后被立刻送往附近医院，接受紧急抢救。他的脸部及上半身被炸得血肉模糊，惨不忍睹，生命垂危。爆炸原因及相关事宜目前正在调查中。

炸药爆炸被认定为过失所致

本月三日六时半，因火药爆炸导致生命垂危的本府大崎区桐之谷 × 街的枪支爱好者近藤进（三十岁），虽然一度清醒，但最终于四日上午九时死亡。根据之后的调查结果显示，近藤氏于五个月前痛失爱妻，因而产生厌世心理，警方怀疑此事系其自杀所致。因该死者当天在书房给猎用两连发枪筒中填充弹药时过失操作引发爆炸。另外，该死者死前和用人老婆婆一起生活，在不到半年的时间里，家里连遭不幸，附近居民都表示非常同情。

这两张剪贴报后面写着“犯罪日记”四个字，这是小弘的笔迹。那纤细的字迹一直持续到后面好几页。由纪子被完全吸引住了，她蹲下来，读了起来。

很高兴我还能写犯罪日记。在透过监狱铁窗的月光下，抛开绞首台的阴影而写犯罪日记，作者可能不会有一丝喜悦之情吧？然而我怎么样呢？我毫无悔恨之情，只是充满喜悦，像平时一样，把自己所犯的罪行一一记录下来。对我这样的恶魔，请流下感激之泪吧！

近藤进所谓的过失之死其实是他杀所致，而我就是杀他之人。这一秘密，只有恶魔我才知道。如果我现在不把真相写出来，可能永远也不会有人知道了。但永远不被人知道真相实在太可惜了，就像有首民谣这样唱道：“掩藏两人不该被人知道的关系，实在太可惜。”那种心理就像我现在要把真相写出来的心理一样。

近藤进其实与我形同路人，但我为何要对他起杀意呢？直截了当地说，是因为他的鼻子。他的鼻子在我看来很不顺眼。那到底是他鼻子的什么地方让我感到不顺眼呢？直到现在我自己也搞不清楚。并非因为他的鼻子巨大无比，也不是因为他的鼻梁太低，既不是因为他的鼻子弯了，也不是因为他的鼻子朝天。可第一次与他在路上擦肩而过时，我就不禁全身震颤。他让我感到浑身不舒服！我觉得不消灭这个鼻子的话，自己就活不下去。所以，从那一刻起我就决心杀死他，并且一直尾随他。

之后，我便开始专心地研究他的生活习惯。我知道，他家能轻易潜入，他和用人老婆婆两个人生活，他爱好枪支，经常在书房填充炸药。我制订了一个天衣无缝的杀人计划，之后就等待时机到来。

三号——具体地说是十二月三日下午，我照例朝近藤进家慢悠悠地走去。晚霞染红了西边的天空，麻雀聒噪地叫着。过了街头点心店五六户远的地方，突然碰见一个慌慌张张小跑过来的老婆婆。她跑到鱼店前，说：“刚才女儿打发人来通知我，说她快生孩子了，我得去一下。我锁好门出来的，要是我家主人路过你这儿的话，请你告诉他一声。”

“那可得恭喜你了。没问题，我会转告的。”

“我家主人会六点左右从千叶回来。那就拜托了！”

“好的！好的！”鱼店主人大声答应着。

听了她们的话，我知道自己一直等待的机会终于来了。我迅速来到他家所在的文化小区大门前，悄悄地潜入他家。所幸的是，他家的窗子上都拉着厚厚的窗帘，屋子里黑乎乎的，这样我就可以放心地动手脚了。

先从储藏室里取出火药罐，放在亮着昏黄灯光的厨房里，接着打开书房门。显然，门口的柱子内侧有电灯开关，可我不敢开灯，只能从地毯上摸索着来到房间中央，把放在桌子上的台灯开关拔掉。这样一来，要开灯的话，就需要两道程序。然后我取下台灯，搬到了厨房。

检查后发现，台灯上装着的是常见的适用电压为100伏、功率为60瓦的氩气灯泡。我立即取出随身携带的锉刀，开始锉灯泡的底端，不一会儿就听见噗的一声。

我透过刚锉出来的直径4毫米左右的窟窿往灯泡里看，灯泡里面就像个带有毛玻璃半圆形屋顶式的建筑物，看起来美丽、柔和，就像撑开的阳伞骨架，一根钢琴琴弦似的细金属线犹如蜿蜒的银色小蛇，绕着庄严的玻璃棒和两根铜柱，让人觉得破坏看似不大却充满诗情画意的庄严国度远比杀死一个人更加令人惋惜。

我一下子从幻想的世界里回过神来，赶紧把锉刀装进口袋，然后用纸叠了一个漏斗，开始把火药往灯泡里灌。比罂粟粒还要小的铅灰色火药，就像沙漏表示时间一样，沙沙沙地流入乳白色的灯泡。随着从灯泡金属口流入的火药越来越多，灯泡慢慢变成了鼠灰色。此时我感觉就连拿灯泡的手也开始微微颤抖了。

终于装完火药，鼠灰色、沉甸甸、有巨大威力的灯泡制成了。移动它时，我屏息静气，感觉心跳都停滞了。要是不小心让它掉下来，我肯定会粉身碎骨。不过，幸运的是，我终于小心翼翼地把它放回书房，并安插好刚才取下来的开关。为保险起见，我还把火药罐的盖子打开，放在台灯对面。这样，我的计划终于完成了。

出门一看，外面已经漆黑一片了。我一边想象着近藤进因自己的谋划而炸死的情景，一边走在星光闪烁的路上。近藤进回家后，打开书房的门，想要拧开门口的开关，可灯没亮。他想都没想就走到屋子中央的台灯前去开台灯。然后，万事皆休。灯泡被灯罩遮着，即便把灯泡换成炸弹，也不会有人发现。所以他肯定会被炸死，也绝不会有人看出这是他杀。这样的话，就能除掉近藤进，他的鼻子也就会永远从这个世界消失了，而我才能放心生活下去。怀着愉快的心情，我回了家。

尽管如此，在看到报纸前，我还是惴惴不安，提心吊胆。因为装着火药的灯泡威力到底有多大，对我来说是个未知数。不过，第二天报纸上的报道并没有辜负我的期望。于是这件事被认定为过失之死而尘埃落定了。而我永远身处安全地带。

爱伦·坡的小说中，有一个因忌恨别人的眼睛而杀人的故事。古往今来，还没有一个人因忌恨别人的鼻子就去杀人吧？我为自己这罕见的动机及用恰当的方法成功杀人、除掉那个鼻子而甚感得意。

这样犯罪太有意思了，我都担心再这样下去会不会杀了自己的姐姐。最近不知道为什么，我总觉得姐姐的手臂太白了，为了早点儿去除这个杂念，我一直尽量不看姐姐的手臂。

读完以后，由纪子感到一阵眩晕，一下子跪在地上，手中的本

子也滑落在地。她赶紧用袖子盖住那雪白的手臂，她的两颊慢慢失去了原来的血色，视线也渐渐模糊起来。小弘的性格、举动和其他许许多多的事情一下子涌进了她的脑海。最后，她只感到恐惧，全身战栗不已。

突然，扩音器里传来明快的曲子，同时从楼下传来吹口哨的声音。

“姐姐，姐姐！”

由纪子无法应答。

“噔噔噔……”

楼下传来了小弘轻快的脚步声。

由纪子慌忙站了起来。

“欸？姐姐，你怎么在这儿呢？给比利吃药了吗？”

“刚刚上来拿到了。”她好不容易才张口说道。

“哎呀，你脸色真难看！怎么了？”

小弘看起来很快乐，但这让由纪子感觉更加恐怖。

“因为我马上就要被你杀死了。”

“哈哈哈！”小弘看到由纪子脚下的“犯罪日记”后笑了。

“我看过了。是不是药效过头了？”

“欸？”

“那个……”

“那是我的‘药袋’呀！”

“什么？”

“这么说，你可能不明白，它是一个‘药袋’。我的病，普通的药治不了。我用写那样的日记来代替吃药。也就是说，它是我的保险阀。姐姐，你不是也流着泪写过日记？写出来的话，心病就会一下子痊愈吧？我也是同样啊！只要有这个‘药袋’，我就不会杀人，也不会发疯。我只是觉得姐姐的手臂太白了。”

由纪子的脸颊泛起了红晕。小弘拿着比利的药袋，不顾还在发呆的姐姐，径直下楼去了。

じんこうしんぞう

人工心脏

我迅速切开她的胸腔，连接上人工心脏。手术在她死后九分钟开始，用了十三分钟完成了。

我用沾满鲜血的手拧开开关，发动机以它特有的声音转动起来。

一分钟、两分钟、三分钟，我一边检查她的脉搏，一边盯着她的眼睛。……

五分钟！她的嘴唇恢复了以往的颜色……

七分钟！她的两只眼球开始转动……

九分钟！她一下子睁开了眼睛……

十一分钟！她的视线集中在我的脸上……

一

我是在医科大学一年级的生理学概论课上听到“人工变形虫”“人工心脏”等名词后想到要发明人工心脏的。

当时，生理学学者 A 博士对我们介绍了这些名词。A 博士曾经苦心研究，想制作人工心脏来代替人体本来的心脏，以治疗人类各种疾病，达到延年益寿，进而起死回生的目的。为了做这项研究，他的健康受到了损害，一段时间内重病缠身，但他不屈不挠，基本完成了这项研究。可在他夫人死后，不知何故，他弃如敝屣般毫不留恋地放弃了这项重大研究。每次我问他原因，他都抿嘴一笑，缄口不答。有一次我拜访他，在偶然谈到发现氮的固定法的哈伯[①] 博士近期将要来访时，他不知想起了什么，突然高兴地说：“那么今天我就把你一直想要知道的发明人工心脏的始

① 哈伯（1868—1934），德国化学家，1909 年首次发现固定大气中氮气的方法。

末告诉你吧！”

在这里，我先说一下，我是S报文艺部的记者。

……人工变形虫和人工心脏，都是生理学家考虑出来的东西，目的是用无机物模仿变形虫、心脏的运动来证明，生物运动并不是特殊、深不可测的，而是可以用机械运动说明的。你可能没有在显微镜下观察过变形虫的运动。变形虫是单细胞生物，由原生质和细胞核构成，通过原生质的流动变成各种形状来摄取食物、改变位置。

你仔细观察变形虫匍匐前进的运动，就会看到它时而像篱笆上爬行的蚰蜒，时而又像天狗脸上的鼻子那样慢慢伸展。

往平底玻璃盘里加入20%的硝酸溶液，再滴入水银。在盘子的一侧加入重铬酸钾结晶，结晶慢慢溶解后，会沿着盘底扩散。当溶解的结晶接触到盘子中央的水银时，水银就像生物体一样开始运动，让人觉得像一只银色的蜘蛛在伸缩长腿跑动。这就是人工变形虫。

仔细观察就会发现，实验中水银的运动和变形虫的运动竟然完全一致。

接着说说人工心脏。人类心脏的收缩和扩张是有节奏地交替进行的。心脏的这种有节奏的运动模式，当然也可以巧妙地用水银的运动来模仿。往钟表用玻璃里加入10%的硫酸溶液，再加入极少量的重铬酸钾结晶，之后滴入水银，然后用一根铁针轻轻地接触水银表面，水银立刻就会像青蛙的心脏一样开始跳动，忽大忽小，就像收缩、扩张一样，有节奏地快速运动。

那么，实验中的水银为什么会像生物一样运动呢？这是因为，所有的液体在与外物接触时，其界面都会产生一种通常叫作“表面张力”的力。

液体内部所有的分子都被相同的力从上下、左右、前后吸引；液体表面的分子内侧被液体分子吸引，外侧则被与它接触的物体的分子吸引。

就像往水面滴油时，油之所以在水面扩散，就是因为水的表面张力比油要大。又比如，往水中滴入水银时，水银之所以呈球形，是因为水银的表面张力比水大。所以，假如现在与水银接触的那部分水表面张力比水银的张力大，或者减弱水银的表面张力——表面张力小的部分比表面张力大的部分收缩趋势弱，水银就会变得弯曲。

前面所说的人工变形虫，就是因为重铬酸钾和水银在硝酸溶液里相遇之初产生了铬酸汞这一物质，水银表面的张力就被减弱了，所以水银的形状发生了改变。铬酸汞这一物质极易溶于硝酸，当它溶解后，水银的表面张力又发生了变化，水银的形状随之变化。从外部观察，水银就完成了它的一系列运动。接着，重铬酸钾再次与水银相遇，上述运动就反复出现。从总体来看，水银就像变形虫一样不停地运动。

接着来看人工心脏是怎么回事。用铁针接触硫酸溶液中的水银时，因酸性溶液的存在，产生了接触性电流，并在金属和液体之间传导。此时液体发生电流分解，产生分解物——带正电子的氢离子。

氢离子附着在带负电子的水银表面时，水银的表面张力变大，水银发生收缩，一收缩就与原本接触的铁针分离，水银就膨胀成原来的大小，膨胀后又会再次接触铁针，产生电流，这样相同的运动就会有节奏地不停反复，表面看起来就像心脏的运动一样。

二

听我这样说明，你肯定觉得很无聊吧？我之所以这么详细地说明人工变形虫和人工心脏的原理，就是因为它们与我要发明的人工心脏的工作原理是相同的。当然，我要发明的人工心脏与前面所说的人工心脏是有本质区别的。你听我慢慢道来。

在生理学概论课上，我们反复强调，生活中的所有现象，就像前面说到的人工变形虫和人工心脏一样，不管多么复杂，都是可以用纯机械的原理予以说明的。不用依靠任何神奇的力量，依靠物理学、化学的原理就足够了。当时我对此坚信不疑。现在仔细想一想，其实水银的运动就是再像变形虫，它还是水银，不是变形虫。同样，水银也永远不会成为心脏。年轻的时候，我不愿随便对任何事妥协，就是一个所谓的极端机械论者。

所谓机械论，就是现在所说的把生活中的所有现象都用纯机械理论解释的学说。与它对抗的是生机论，生机论主张，用物理学和化学根本无法解释的生活现象，必须借助一种神奇的力量加以解释。机械论和生机论很早以前就是学者们争论的焦点。有时机械论占上风，有时生机论占优势，一直争论到现在。

如果要追溯它们的历史，原始时期自不用说，人们都认为生命是靠一种奇妙的力量产生的，那个时期的人们能感受到事物的变化，但不会深入考虑事物的这些变化。接触到生与死这类现象时，他们自然就认为这些是受精灵支配的东西。可随着知识水平的提高，人们不断思考关于生命的现象。需要提前声明的是，由于日本的科学思想都是新近发展起来的，古时候的情况很难考证，所以在这里我将举西方社会的例子予以说明。较早深入考虑生命现象的是希腊人。距今大约两千七百年前，希腊的自然哲学家们开始考虑宇宙及人类的产生。他们认为，万物的本原可以归结为土、火、水、风四大元素，这四大元素的离合聚散就形成了万物。这就是所谓的机械论。

此后，同为希腊人的柏拉图、亚里士多德对人体进行深入研究后认为，精神和肉体完全不同，精神为主，肉体附属于精神，无法机械性地说明精神现象。生机论就复活了。这种生机论伴随基督教的出现，逐渐带上宗教色彩，支配人类数千年之久。

十六世纪文艺复兴时期，出现了现代科学的先驱，人体解剖生理学发展起来，机械论再次占了上风。那些医学理学派、医学化学派的极端学派主张用物理学和化学来解释一切生活现象。

然而，十八世纪末大生理学家哈勒[①] 提倡生机论，指出生

① 哈勒 (1708—1777)，瑞士生理学家，被称为“近代生理学之父”。

机论适用于生物体，不适用于非生物体。正好那个时候，著名哲学家康德站出来力挺生机论。十九世纪前叶，生机论进入了全盛时期。

可是十九世纪后半叶，自然科学发展速度惊人，出现了达尔文著名的进化论与细胞学说，机械论又复活，一直发展到今天。可前些年故去的著名生理学家杜布瓦雷蒙[1] 的主张则倾向于生机论。

就这样，在各个时期，生机论和机械论反复交替占上风。即便是同一个学者，有时主张机械论，也可能因某些原因又支持生机论。像我，从学生时代到完成人工心脏的发明，一直是一个极端的机械论者。可自从我看到人工心脏实际应用的情况，我就抛弃了机械论，与此同时，我也放弃了对人工心脏的研究。

① 杜布瓦雷蒙（1818—1896），德国生理学家。

三

我听了有关人工变形虫和人工心脏的课程，成为机械论者。大学二年级的时候，我又学习了人工变形虫和人工心脏的原理。在此过程中，我突然想到，能否用人工心脏代替人和动物的心脏呢？

听了生理学概论课，我知道心脏对人体来说只是发挥像水泵一样的作用。尽管它的作用很简单，可没有一个器官能比得上心脏。只要心脏跳动，即便昏迷不醒，人也不会死掉。因此我想，在心脏停止跳动时，换上人工心脏，再从外部给予能量，让它发挥水泵的作用，使血液流遍全身，那么死了的人也会被救活，有时甚至能保持永生。

把流经全身的大静脉血液吸入水泵，再让它通过活塞作用流入大动脉。通过利用这一极其简单的原理就能制造出人工心脏。只要使用电动发动机，就能进行活塞运动。只要地磁场存在，电力的供给就会源源不断，因此拥有人工心脏的人就可以永久地生存下去。我当时就是这样浮想联翩的。

特别让我迷恋人工心脏的最直接原因，是关于心脏的学说太过于烦琐。不放过细枝末节是科学研究的基本要求。可是学生时代被迫接受各种学说让人觉得非常麻烦。虽然有时听听各种学派的争论相当有趣，但数量太多就会让人受不了。生理学可以说是各种学说的集合体，减少这些学说的数量不仅是为了生理学的学习，我觉得，也可以让人生简单化。

你可能知道，关于心脏运动的源头有两种学说。一种是肌肉说，认为心脏是因构成心脏的肌肉兴奋而运动的。另一种学说则认为，心脏是因肌肉里的神经兴奋而运动的。即使把心脏从生物体内摘除，只要用适当的方法，它仍会照常运动。所以，使心脏运动的力量来自心脏本身，这一点是确信无疑的。不过，这力量来自肌肉还是来自肌肉的神经，至今还没有定论。

为了确认到底是二者之中的哪一个，众多学者研究了各种动物的心脏，甚至有人为了这项研究奉献了自己宝贵的一生，可即便这样也未得到令人满意的结果。有些学者通过研究寄居蟹之类非常罕见的动物的心脏，为找到神经说的根据而得意不已。可是，那些性格比较偏执的学者就不会轻易认可这个结论。

于是我想，肌肉说也罢，神经说也罢，都是因心脏运动而产生的复杂学说。等人工心脏一出现，这两种学说就都会土崩瓦解。人工心脏的源动力是马达转动产生的电流，因此迄今为止的学说就可以统一为“电流说”，没人可以反对这一点。那会是多么令人痛快的结果呀！……我知道这样想太年轻气盛，但还是沉溺于这种单纯的想法不能自拔。仔细想一想，假如神创造了人类的身体，神肯定比我更觉得肌肉说和神经说的纷争滑稽可笑吧。

总之，我不堪忍受各种学说充斥我的大脑，大学毕业后想尽早完成人工心脏的发明。

四

上了大学三年级，我听了临床医学的课，直接接触患者，在痛感现代医学无力的同时，发现我们所学的医学只不过是各种学说的堆积，与实际运用有相当大的距离。

如果把各种学说清楚地结合起来，治疗手段也会简单、清楚，可各种学说只是发展到争论的地步，治疗当然只是半吊子水平。在为数不少的病种中，能用药物有效治疗的屈指可数。其他的只是安慰性地开点儿药，等其自然痊愈，一旦生命出现危险，该怎么做呢？正如你所知，不管对待什么病症，都会注射樟脑液。光在日本，一年就有一百几十万人死亡，其中大部分人都是带着樟脑液这份礼物去了另一个世界。

樟脑液就是强心剂，是增强心脏功能的药剂。也就是说，医学的终极还是要增强心脏功能，这一目标一旦实现，不管是急性病还是慢性病，只要心脏正常运动，能治好的病就会痊愈，治不好的依然治不好。现代医学就是这样让人们的生命持续的。鼠疫、霍乱之类的恐怖的疾病只不过是最后侵害人类心脏而致人死亡，所以，对现代医学者来说，与其不断探求鼠疫、霍乱之类的病原菌，还不如让心脏变得像钢铁一样坚强，甚至更应该在钢铁做的人工心脏的制作上下功夫，这样的话，就没有必要一一研究各类疾病，文献也不需要那么多、那么烦琐了。只要能够发明人工心脏，对所有的疾病就都不用害怕了。

我每次想起帕斯特尔、科赫、奥利克的时候，在感谢他们对人类带来恩惠的同时，也不禁感叹，为什么这些天才不把力量用在发明人工心脏上呢？从古至今，在医学史上留下足迹的人不计其数，要是他们都能把全部精力放在人工心脏的发明上，或许早就出现理想的结果了。而且，应该早就出现传说中的世外桃源了吧。

从人类文明发展史来看，人类的最大缺点就是不断地把事物复杂化，正如在自己建造的迷宫中痛苦地彷徨，而又看似饶有兴趣，这就是人类的通病吧。事物变得复杂的话，人类自然就会只注意枝节而忘记根本。所以卢梭才提出“回归自然”。所谓的“回归自然”，我认为并非返回自然的原本状态，而是舍弃枝节、还原根本之意。我必须尽早成功发明人工心脏，以还原医学的根本。当时我真为自己的这种想法兴奋不已。

随着人类文明的发展，事物被复杂化，医学的根本问题被枝节问题掩盖，这些结果导致一种可怕疾病出现，那便是肺结核。肺结核光靠结核杆菌是很难发病的，只会在人类体质特别适合结核杆菌繁殖的时候发生。而容易患肺结核的体质是人类文明发展的结果，所以肺结核可以看作对人类文明的一种天大的讽刺。其证据就是现代医学对肺结核的屈服，岂止是屈服，简直是抓狂而又木然地袖手旁观。对医生来说，所谓的治疗手段或许只是混饭吃的一种方式，而对患者来说只是帮倒忙。

有志从医之人，都会为治疗肺结核而费尽心机。我也是其中之一，不过我已经知道，只要人工心脏能成功发明，这一问题就会迎刃而解。我在前面已经说过，所有疾病的治疗都可以依靠人工心脏来实现，肺结核也是其中之一。因为肺脏这个器官和人工心脏有着特殊的关系，所以，我想在这儿说一说。

肺脏的主要功能是交换血液中的二氧化碳，即把流经全身的静脉血里的二氧化碳排出体外，同时吸收空气里的氧气，使含氧量高的动脉血流向心脏，而后被送往全身。所以，在制作人工心脏的同时，如果附带吸收和排放二氧化碳，同时又提供氧气的装置的话，那么肺脏就变成一个无用的道具了，无论肺脏被结核杆菌怎么侵害，都无关痛痒。这样一来，肺结核问题就会马上得以解决。在人工心脏被植入人体之际，在人工心脏上安装人工肺脏的手术非常简单，简直可以说是一举两得。

让人工心脏附带人工肺脏，而将真正的肺脏从交换二氧化碳的工作中解放出来，这样可能就会出现一种罕见的现象，那就是人类所摄取的食物量就将大幅缩减。所以发明人工心脏的问题不光能使人们摆脱疾病的折磨，还可以从粮食不足的苦恼中解脱。我想，到那时恐怕所有人仅靠少量的食物精华就能生存吧。

迄今为止，多多少少考虑过发明人工心脏的学者可能不在少数，可是最早想到通过让肺脏从交换二氧化碳的工作中解放，从而缩减人类摄取的食物量的，恐怕非我莫属。

下面我就说说这个问题。

五

我曾经对大气中为什么会存在大量的氮气很是不解。氮气占空气总量的五分之四左右，而且对人类的生存似乎没有一丝好处。尽管所有的事情都用目的论来解释不适宜，但我还是认为空气中的氮气和氧气一样都对人类的生存有用。空气中的氧气是人类生存一刻也离不了的，而四倍于它的氮气毫无意义地进出人体，我怎么想都觉得这是个问题，因此我认为氮气对人体来说绝对不是没有意义的。之所以觉得没有意义，只不过是因为人们没有意识到氮气的意义。

众所周知，人体最重要的组织都是由一种化学物质即蛋白质构成的。蛋白质是以氮为主的化合物，所以氮化合物是人体一日不可或缺的物质。通常我们是通过食物来摄取氮化合物的，尽管构成化合物的氮是人体不可或缺的物质，可气体形式存在的氮一点儿也没被人体利用，这是老天爷最大的疏忽？不过，我认为，这绝不是老天爷的疏忽，老天爷是让我们利用游离的氮气，只是我们人类没有注意到而已。哎呀，“老天爷”这个词，你可能不太爱听，但我想，比起“造物主”之类的词，这个词更容易明白，所以还请您凑合着继续听吧。

那么，老天爷是如何教人体器官利用游离氮气的呢？不用说，这个器官只能是不断呼吸氮气的肺脏。就像皮肤通过皮肤呼吸利用氧气一样，氮气也可能是通过皮肤来利用的。正如吸收氧气是在肺脏里进行一样，我想，氮气的吸收应该主要也是在肺脏里进行吧。

你知道地下有一种能固定空气中氮气的细菌吗？也就是说，这种细菌具有把游离的氮气转化为氮化合物的能力。就连细菌这种最低等的生物都具有这种神奇的能力，更何况作为最高等生物的人类！我断定肺脏细胞和地下的细菌一样，同样具有固定氮气的作用。

可是，肺脏细胞承担着交换二氧化碳的重要任务，顾不上固定氮气。另外，人体必需的氮化合物是通过食物补给的，不一定需要肺细胞的参与。假设现在终止食物摄取，也就是保持饥饿状态，肺的固定氮气机能肯定会很旺盛。此时，肺脏将代替消化管道，掌管人体的营养吸收。在饥饿或绝食的时候，之所以光靠饮用水就能生存几周，这肯定是因为肺固定了氮气。在进行饥饿测试时，实验者静卧的时间越长，饥饿状态就能坚持得越久，对这一现象的最佳解释是，静卧能减少二氧化碳交换量，相反，氮气固定机能就能变得旺盛。当患肺结核时，患者明显消瘦，必须大量补充蛋白质，这是肺脏被结核杆菌侵害，其氮气固定功能减弱的缘故吧。

因此，肺脏不用交换二氧化碳的话，那么它肯定会全力进行氮气固定的。如果是这样的话，通过氮气的固定，人体在营养成分上得到了补给，人类恐怕就不再需要用嘴来摄取食物中的蛋白质了吧。有人曾经计算过，人体每千克体重一天需要两克蛋白质。要是全部肺脏细胞都从事氮气固定的话，人体所需的营养成分是很容易制造出来的。所以，成功发明人工心脏，让附带的人工肺脏代替肺脏交换二氧化碳的机能的话，人类所需的食物就会大大缩减，如果进一步研究的话，人类或许不靠食物的摄取也能生存吧？就这样，当时我做了很多假想，想尽早从大学毕业，从事人工心脏的发明。

六

于是，大学一毕业，我就进了生理学教研室，在主任教授的许可下，开始进行人工心脏的研究。我出于自身原因，上学的时候就结婚了，可为了节省交通时间，经主任教授允许，我们夫妇借了一间教室居住。因为我妻子对我的研究也非常有兴趣，我就让她做了我的助手。

我们昼夜不停地工作。宽敞的校园虽然位居闹市，可到了寂静的夜晚，天花板很高的研究室在瓦斯灯的照射下透着一种说不出的寂寞。隔着做实验的动物，我俩充满希望地对视那一刻，总是让人感到无比的幸福。在实验进展不如意时，我经常满脸不悦，彻夜工作。那些时候，妻子也会彻夜不眠，为了改变我的心情而勤奋工作。当实验接连失败，我几乎陷入绝望的深渊时，拯救我、给我力量的依然是我的妻子。要是没有她，人工心脏的发明是无论如何也完成不了的。我至今依然觉得她还在我身边。就这样，因为妻子之死，我最终放弃了好不容易完成的发明。

我的命运是多么不幸呀！一想起那个时候的苦与乐，直到现在我依然激动不已。

哎呀，不知不觉，我跑题了。

一开始着手人工心脏的发明才发现，要完成这项发明并不像学生时代想的那么容易。所以我觉得，迄今为止，即便有人要发明人工心脏，也会因为最终无法实现，在文献资料上才见不到关于他们的任何记录吧。

通常生理学实验都是就近找青蛙做，这样比较方便，可对人工心脏的实验来说，青蛙太小，细节操作过难。因此我决定用家兔来进行实验。哎呀，为了做实验，不知死了多少只兔子。

所有的实验都必须在家兔麻醉的状态下进行，虽说这些都是为了拯救人类而进行的实验，但我依然觉得这样做对家兔来说过于残忍。人们误以为科学家为冷血无情之人，甚至有人觉得他们残忍到以杀害实验动物为乐。其实未必所有的科学家都是这样的。我中途之所以数次想放弃实验，就是不愿让家兔这么痛苦。

实验的顺序是，首先把家兔仰面放倒，固定在特殊的台子上，将其麻醉后切开其胸部，再把心囊切开，最后用预先准备的泵替代心脏，安装在家兔身上。这样说起来似乎比较简单，可真正的手术操作一点儿也不容易。当摘除了家兔的心脏，要装上替代用的泵时，因家兔出血量太大，手术无法进行。之后，先不动家兔的心脏，给泵接上较长的管子，然后把它与家兔各个大血管连接才没事了。

最初没有考虑到人工肺脏，光是研究人工心脏了，肺动脉、肺静脉和泵管连接的程序太多，我才觉得带有人工肺脏的人工心脏安装起来更为方便。

众所周知，心脏是由四个心室构成的，人工心脏及泵自然也必须设置四个心室。可带有人工肺脏的人工心脏只需要用活塞隔成上、下两个心室。其实，只有一个心室就可以了，相当简单。

用来做泵的材料，起初是厚玻璃，活塞的材料是硬橡胶，这是为了从外部观察血液流动情况。但是最后泵和活塞都改成钢铁做的了。这是因为经验证明钢铁比玻璃更适合制作人工心脏。

接下来，我要说一说泵的构造。在此之前，我要先说一说人工肺脏的原理。这个原理非常简单，就是把上、下两条大静脉血里的二氧化碳除去，然后输入氧气，送入大动脉就可以了。

此时只要连接上氧气管就能提供氧气，不过去除二氧化碳却非常麻烦。麻烦之处不在于去除二氧化碳这件事本身，而在于瞬间除去大量的二氧化碳。把静脉血装入特定的容器，给容器安装适当的装置，在强烈的内压下，可以除去一部分二氧化碳，要除去快速流动的血液里的全部二氧化碳却极其困难。

我想来想去，突然觉得，只要减少全身流动的静脉血里的二氧化碳量，这个困难就会迎刃而解。那么，让含有大量氧气的血液比平常循环快一点儿就可以了。于是我想，把活塞的运动次数提高到心脏跳动次数的三四倍就足够了。我试了一下，果然发现静脉里的二氧化碳的量减少了，人工肺脏的问题就比较简单地解决了。

用于去除人工肺脏中的二氧化碳的部位直接与大静脉连接，去除了二氧化碳的血液流入人工心脏及泵中，通过活塞叶片时加速，通过活塞喷出，由设置在那里的管子送入氧气，此时的血液就变成了所谓的动脉血，进入动脉。

你可能会觉得附带人工肺脏的人工心脏体积很大吧？可是经过不断改良，人工心脏的大小可以控制在用于实验的动物心脏1.5倍大小之内。也就是说，用钢铁做材料的话，就能够缩小人工心脏的体积。前面所说的活塞动力当然也是依靠电力产生的。

这么说的话，好像实验能够非常简单地进行，可加工、改良其实一点儿也不容易。妻子和我经常废寝忘食地工作，尤其是机器做出来后，把它与家兔的大静脉、大动脉连接是极其困难的事情。

刚开始时，是用叫作肠线的丝线把钢铁板和血管连接在一起，可血液在钢铁上流通不好，后来用有一定硬度的橡胶板连接它们。尽管如此，也会经常因为压力调节不均衡，接口处爆开，导致瞬间出血，而致使家兔死亡。

特别是手术时，让人感到不愉快的现象是血液凝固。大家都知道，血液一流出血管就会马上凝固，只要有一点儿凝血进入血液，就会引起很小的血管栓塞，从而导致组织坏疽，所以无论如何，必须防止血液凝固。于是我使用取自水蛭口部的水蛭素来防止血液凝固，从而保障手术顺利进行。可手术安全结束后，大血管与橡胶管连接的内侧容易凝血，实验仍然失败了。前面有过只要加快活塞运转的速度，凝固现象就不会出现的经验，所以，利用解决人工肺脏问题的方法，也渡过了这一难关。

还有一个让人不愉快的现象——细菌感染引起的化脓。不过，注意器械消毒，进行无菌手术的话，家兔的血液对细菌的杀伤力比较强，就可以避免化脓。当然，不管怎么说，防止化脓最重要的一点是迅速进行手术。不光是避免化脓，为了避免其他所有的不愉快现象，尽可能短时间地完成手术是最重要的条件。幸亏我在牺牲了很多家兔之后，渐渐地可以在仅仅十分钟内就能做完全部手术——切开胸部、安上人工心脏、缝合胸部。我为自己能在十分钟内做到这些而甚感得意。

当然，人工心脏只能放置在胸腔外部。我从未能把人工心脏放置到胸腔以内，利用前面所说的装置，这无论如何也是不可能实现的。你可能会认为，钢铁制的心脏要常常加润滑油吧？所幸血液中多多少少含有脂肪，所以对这一点也不必担心。

你可能想象得到，在完成人工心脏发明的时候我们是多么高兴啊！嗡嗡声中，旋转的电发动机带动活塞不停地运转，尤其是看到从麻醉中醒来的家兔被绑在台子上，平静地存活五小时、十小时的时候，我们欢喜雀跃，相拥而泣。发动机声、去除二氧化碳声，还有提供氧气声之类的声音，或许会令家兔很不愉快，可我们因能解决人类问世以来从未有人完成过的人工心脏研究的第一难关而充满喜悦。我想，如果家兔有感情的话，肯定也会和我们有同感。如果我们进一步研究，给刚死去的身体装上人工心脏，挽救它的生命的话，恐怕家兔也会从内心感谢我们吧。

克服第一个难关以后，按理说第二个难关就比较容易渡过了。我们夜以继日，继续研究。可正在此时发生了意想不到的灾难。

七

正如“好事多磨”这句话所说的，凡事都不会痛快地遂人愿。突破第一道难关一周后的一天晚上，我突然出现了咯血现象。

完成人工心脏研究第一阶段时，我进入生理学教研室已经一年半了。从半年前开始，我时不时轻微地咳嗽。可能从那时起我已经伴有轻微的低烧了，可沉醉于研究的我根本无暇顾及。

这可能是身体过度消耗的报应吧！因为发生咯血，我不得不暂时中止了研究。

我应该不紧不慢地研究的，出现现在这种情况都是因为我年轻气盛，只是一味急切行事，因而导致身体出现了这样的状况，幸亏最后恢复了健康。从那以后，我才渐渐明白，越是重大的工作，反而越要不紧不慢地进行。

我咯血之后，主任教授屡次劝我住院治疗，可我一点儿也不愿意离开研究室半步。于是，只好把我借住的教室作为病房，妻子像护士一样开始细心照顾我。刚开始我的咯血量大概有十克，我赶紧卧床休息。内科的朋友诊断后，马上给我注射了止血剂。他还忠告我一定要安静休养。于是我静静地躺在床上休息。

半夜我醒来时，突然觉得胸口奇痒难忍，心想大事不好，就开始大声地咳嗽起来，紧接着就觉得一股暖暖的血一下子涌到了嘴里。

之后还是咳嗽，不停地咳嗽。妻子赶紧拿来杯子，眼看着红色的液体盛满了一杯子，吓得她赶紧端来了洗脸盆。我侧躺着咯血，然后残留的鲜血从鼻腔里冒了出来，我下半部分脸被血沾染得黏黏的，胸口就像被捅开的马蜂窝似的呼哧呼哧直响。紧接着，又是震天响雷般的咳嗽声。不一会儿，妻子又接了半盆子血。

再这样咳下去，我担心全身的血都要咳出来了。白色的床单上染上了大大小小红黑色的斑点，端着洗脸盆的妻子手不停地颤抖。

柴油灯闪着，夜晚又恢复了宁静。我心里不由得沉重起来。

不过，幸运的是，我的咯血止住了。咯完血，心情真是难以形容，脑袋异常冷静，可之后又是一片茫然，但茫然只是一刹那，紧接着又有一种不安猛然袭来。

恐惧！难以忍受的恐惧！一种从未有过的恐惧包围着我。不用说，当然是对过一会儿又将开始咯血的恐惧，或许是对“死”的一种恐惧。但不知为什么，我觉得那是一种比死亡更可怕的东西。

我因此睡不着觉了，对肺脏里破裂的血管无能为力。医生只能默默地在一旁袖手旁观，止血剂也不起任何作用。

破裂的血管被抛弃了……那是多么可怕的事情啊。自从我接诊病人，一次也没考虑过患者的恐惧心理。那时我第一次深切地感受到，未曾患过病的医生是没有资格诊治患者的。如果去除咯血时的恐惧，我认为咯血本身并不算什么。我感觉医学从业者最大的任务不是诊治疾病本身，而是消除人们对疾病的恐惧心理。

为了消除我的不安，我让妻子给我注射了吗啡。我觉得普通量无法消除这种恐惧，所以让她给我多注射了一些。结果如何呢？没过一小时，那种令人恐惧的不安一下消失得无影无踪，我在不知不觉中进入了梦乡。

你有过注射吗啡的经历吗，或者读过《鸦片吸食者的忏悔》这本书吗？总之，摄入了吗啡，人就会进入一种如梦似幻、如痴如醉的“快乐世界”。

当我醒过来时，耳边传来了嗡嗡声。我竖起耳朵仔细一听，旁边又传来了“哗啦哗啦”水飞溅的声音，我以为是和妻子一起在 ×× 公园散步，在秋日的沐浴下聆听瀑布的声音。可我再仔细一想，我还躺在病床上，定睛一看，发动机在不停地运转，内压装置和氧气供给器也在转动。

人工心脏！是的，有人给我装好了人工心脏！

人工心脏带来的快乐！让人不知恐惧的人工心脏！

人工心脏才是完全消除我对疾病恐惧的东西！人工心脏才是让人进入乐园的东西！这是一个多么祥和的世界啊！

我正想着，随着一阵剧烈的咳嗽，咯血又开始了。我一下子从天上乐园跌落到地狱的深渊。

原来，让我误认为是人工心脏发动机的只是咯血产生的腹鸣声而已。由于吗啡的作用，我把那种鸣叫声当成人工心脏带来的安乐世界了。咳了三杯血，咯血终于停止了，可恐惧感再次强烈地包围了我。

那时，我想起了很早以前在生理学概论课上听过的朗格学说。所谓朗格学说，举例说明的话，就是我们之所以感到恐惧，是因为恐惧时出现的各种躯体反应。这种极端的机械论，简单来说，就是并非因为恐惧才感到头发倒立、脸色发白，而是因为头发倒立、脸色发白才感到恐惧。

咯血之后，我依旧只相信机械论，这是因为用人工心脏消除我内心恐惧的理由，只有朗格学说才能够恰当地解释。

当人感到恐惧时，心跳会减缓甚至停止。也就是说，正因为人的心跳减缓甚至停止，人才感到恐惧。所以，只要安装上人工心脏，让它不停地以相同的频率跳动，就不会出现恐惧的感觉。

想到这儿，我就想要尽早恢复，早点儿投入人工心脏第二阶段的研究。

幸运的是，咳了五次后，咯血就止住了，并且逐渐好转。经过大约一个半月的静养，我又能起床工作了。

帮我看病的朋友多次劝我去外地疗养，可我一点儿也听不进去。妻子非常理解我的心情，我们又开始了人工心脏的研究。

要是那时听从朋友的话就好了，现在一想起来我就后悔不已。其实妻子比我更需要去外地疗养。她在照顾我时，肺上的问题已经相当严重了。可她和我一样要强，一点儿也不表现出来。

八

人工心脏第二阶段的研究，即通过人工心脏让已经停止呼吸的动物复活，这项研究并没有想象中那么困难。我尝试用各种毒药毒死家兔，等它的心脏一停止跳动就立刻打开它的胸腔，用预备好的人工心脏进行实验。结果发现，只要在家兔死后五分钟内开始实验，就能让它再次恢复意识，超过五分钟以上就不行了。让死后已经发凉的尸体复活，是人们做梦都无法想象的事情。第一次很容易就能让死去的家兔复活，我和妻子有点儿意犹未尽，在研究室里雀跃不已。

不过，虽说这项研究很简单，但确实伤害了相当多的家兔！关键是非常难选择毒死家兔的毒药——因为无法等待家兔自然死亡，所以我们不得不用毒药毒死它们——有些毒药会让家兔的血液性质发生各种变化，此时的实验就变得相当困难。用一种毒药毒死家兔后实验能成功，但用其他毒药就未必能成功，这就必须尽可能多地尝试各种毒药。所以我们也费了很大的工夫。

发明人工心脏的初衷是为了消除人类的恐惧心理。利用家兔实验成功以后，就必须应用于人体。我先前之所以说发明人工心脏是为了消除人类的恐惧心理，是因为我发生咯血以后，无暇他顾，光想着只要让人类摆脱恐惧心理，人类的乐园就会到来。不再会感到恐惧的世界，那是一个让人感到多么快乐的世界啊！

接下来的一个阶段，是对比家兔体形还要大一些的狗进行实验。对狗进行实验时，只要用较大一点儿的泵就行，手术流程上没有任何变化。另外，和家兔相比，用狗实验时用的时间要多一些。当然，用狗实验时，只是尝试让刚死去的狗复活的实验。结果发现，只要在狗死去十分钟内着手实验的话，就能达到预期的目的。

通过家兔和狗的实验，我发现，动物越大，给其安装人工心脏的时间间隔就越长。我想，这多少与血液凝固的快慢有关。动物都是体形越小，血液凝固得越快。动物死后，血液当然会凝固。血液一旦凝固，人工心脏就发挥不了作用。我推测，比狗大的动物从死后到安装上人工心脏的时间间隔应该会更长一些。在此基础上，我选择了与人的体重相同的羊做实验，结果发现，在羊死去十五分钟后着手实验的话，羊就能复活。接下来该对人体做实验了。虽然我一直期望在人身上做实验，可命运是多么作弄人啊！我第一个用来做人工心脏实验的人，竟然是帮我发明人工心脏的我的妻子——房子！

有一天，妻子突然在研究室昏倒了。我赶紧把她抱起来，放在床上，给她喂了点儿红酒。不一会儿，她就醒过来了。我把手放在她的额头上，感觉像火一样烫，用体温计一量，我大吃一惊，她竟高烧到41.5℃！我马上用冰袋给她降温，并且请上次给我看病的内科医生朋友给她看病。从朋友那里听到病名时的感觉，现在想起来都发抖。朋友告诉我，妻子所患疾病是典型的粟性结核！这无疑就是死亡宣言！很早以前妻子的肺就出现了问题，可她一再硬扛，最终发展到无法挽救的地步。我陷入极度的悲哀，不过冥冥之中，我看到了一丝希望——当然是希望用人工心脏拯救妻子的性命。

妻子看了我和朋友的脸色，像是早已察觉了自己的命运一样。朋友一走，她就问我："我是不是已经没办法治了？"

我不知道怎样回答，只好扭过头去。

"我已经知道结果了，可我一点儿也不怕死。"

她的话里充满了希望，我不由得"哎"了一声，盯着她的脸。

"不是有人工心脏了吗？我死了以后，你马上给我装上，我一定会复活的！"

"那样说太让人悲伤了吧？你必须想开点儿！"

"你才要想开点儿，好不容易做了这么多次实验，如果不用人做实验的话，那就什么意义都没有了。用兔子实验成功的时候，我已下定决心，即使我不生病，也要特意死去，让你用我的身体做实验。"

我激动地握住她的手，在她的嘴唇上亲了一下。

"那你用我的身体做实验吗？难道你不高兴吗？因为我们只是用兔子和狗做过实验，依靠人工心脏存活到底是怎么回事，谁也不会把那种感受告诉我们。我要亲自体验一下。我相信，正如你说的那样，安乐世界一定能够实现。一想起你的话，我就想早点儿死去。我到底什么时候会死呢？”

我越听越悲伤。

“不用了吧……”

“不行。要是来不及的话，我就会很悲伤的。快点儿准备吧。”

对呀，既然妻子已经无法挽救了，那么用人工心脏完成妻子的希望对妻子来说是最好的做法！我这样想着，利用照顾妻子的闲暇，开始准备人工心脏。以前我总是和妻子一起准备，心里总是充满了勇气，那个时候却觉得心情非常沉重。

九

准备好人工心脏的第二天早上，妻子的病情恶化了。朋友们都赶了过来。可妻子只留下主任教授和主治医生（我的那个内科医生朋友）两个人，让其他人都回避。她拜托这两个人，她一断气，就想让丈夫进行人工心脏的实验。她想请二位保证自己的丈夫不受法律的牵连。听了这话，主任教授的眼里泛起了泪光。

接着，妻子也让那两个人退出房间，让我给她看看人工心脏。我拿起来给她看了看，她微微地笑了。与此同时，她的喉咙动了一下，静静地闭上了眼睛。

我突然回过神来，出去告诉大家，我妻子断气了，我接下来要给她做手术，请他们不要进来。

之后，我就迅速着手做手术。

我用手术刀碰到她胸部皮肤时的感觉，至今难忘。我迅速切开她的胸腔，连接上人工心脏。手术在她死后九分钟开始，用了十三分钟完成了。

我用沾满鲜血的手拧开开关，发动机以它特有的声音转动起来。

一分钟、两分钟、三分钟，我一边检查她的脉搏，一边盯着她的眼睛。

活塞每分钟转动二百五十次，虽然数不清脉搏的次数，但能清楚地感觉到血液正在正常地循环。

五分钟！她的嘴唇恢复了以往的颜色，同时，她的眼睑轻轻地颤动。

我不禁高兴地想叫出来。

因为我在对家兔和狗做实验的时候没有经历过，这是第一次经历这种眼睑的颤动。

七分钟！她的两只眼球开始转动。我强压住快要爆发的喜悦，一直盯着她。

九分钟！她一下子睁开了眼睛，上下左右打量，嘴唇也开始嚅动。

十一分钟！她的视线集中在我的脸上。

十三分钟！她“啊”地叹息了一声。

我不由得叫了起来。

“房子！你能听见吗？你活过来了！”

可是，她没有露出一丝微笑。

“房子！人工心脏成功了。你高兴吗？”

“我很高兴。”她机械地说道。

“你高兴吗？我很高兴。你获得了新生命！”

“哎呀！”她说道，脸色仍然像口罩一样惨白，“我刚才说我很高兴，可我怎么也高兴不起来。”

我心里一惊，突然吻了她一下。

“哎呀，抱歉！我怎么一点儿也感觉不到留恋啊？”

听了她的话，我更加吃惊。

“对不起，老公！我想笑但笑不起来，想高兴也高兴不起来。这样活着，没有任何意义！”

那时，我绝望至极，不由得把头埋进了床里。

“不行，老公！赶快给我把人工心脏摘下来。我一点儿也没有死亡或重生的感觉！”

我两年的研究成果被她的这一句话击得粉碎。我们只考虑消除人的恐惧心理，根本没注意人工心脏把快乐等其他情绪也消除了。我感到悔恨、惭愧！而妻子现在连这些情绪都没有！人工心脏最终只不过是人造的人生罢了！

咔嚓！我终于狠下心来，关掉了发动机的开关。

呀！我的故事是不是太冗长了？

我的这段痛苦经历或许证实了朗格的学说，可自此以后，我对机械论不满起来。机械论只是一种打碎人类希望的学说。或许正是有了恐惧、疾病和死亡，人类才有生存的意义吧！

妻子一死，我就毅然决然地放弃了对人工心脏的研究，只想继续研究前面故事中提到的肺脏的固定氮气的作用。因为太着急的话容易坏事，所以我打算慢悠悠地研究。

因为你提到氮气固定法的发明者哈伯博士要来日本，我才把我这辈子最后悔的故事告诉你。

或许生理学家用水银制造的“人工心脏”最安全的用途是作为消遣吧！哈哈哈哈……